神獣を育てた平民は用済みですか？
だけど、神獣は国より私を選ぶそうですよ

登場人物紹介
《ダリオン》
ノネットが育てた神獣で、
彼女をとても大事にしている。
《クリフォード》
ヒルキス王国の隣国、
ハーチス王国の第三王子。
一年前、ノネットと出会う。
《ノネット》
平民生まれながら、強い魔力と
「テイマー」のスキルの持ち主。
ヒルキス王国で神獣を育てていたが、
国外追放されてしまう。

《ルゼア》
ヒルキス王国の第二王子。
一見穏やかだが、
底知れないものを秘めている。
《ベルナルド》
ヒルキス王国の第一王子。
傲慢で、ノネットを国外追放した張本人。
《ユリウス》
追放されたノネットを助けた、
凄腕の冒険家。
《ダリオン》
神獣ダリオンが、
魔法で人間になった姿。

プロローグ

私にとって最悪の日――この日が来ることを、ずっと前から覚悟していた。

「ノネット。お前は用済みだ。今すぐこの国から出ていってもらう」

私の部屋に護衛を連れてやってきたベルナルド王子は、いきなりそんなことを言い始めた。

食後の紅茶を飲んでいた私は、とうとうこの日が来たかとため息を吐く。

「……あの、どうしてですか？」

念のため尋ねたが、理由はもう察していた。

私は椅子から立ち上がり、彼の姿を眺める。

金色の短い髪。背は私より高く、細く鋭い赤目で私を見下ろしている。

この国――ヒルキス王国の第一王子であるベルナルドは薄笑いを浮かべながら話し出した。

「お前をここに置いていたのは、お前が動物に力を与え、神獣に育てるスキル『テイマー』の力を宿していたからだ。だが今や、神獣の力でこの国は安泰となった。ノネット、お前はもう必要ない」

「必要ないって……本気でそう考えていらっしゃるんですか？」

「当たり前だ。王宮で貴族のようにもてなされ、贅沢に暮らす日々は幸せだっただろう。平民の分際でいつまでもそんな生活が送れると、本気で思っていたのか？」

理由を尋ねただけなのに、王子は私が追放されるのを拒否していると思ったようだ。

私が持つ『テイマー』のスキルは、どんな動物でも一頭だけ『神獣』に育てることができる。神獣は神に等しい力を持ち、国に繁栄をもたらす。

私にそのスキルが目覚めると、両親は喜んだ。――これなら高く売れる、と。

王家に売られて王宮で暮らすことになった私に、ヒルキス王国は神獣候補の動物を用意した。

私はその動物を育てて神獣にしろと命じられ、賓客《ひんきゃく》として丁重に扱われた。けれどそれは決して私に敬意を表してではない。ぞんざいに扱ったら、神獣がなにをするかわからないからだ。

与えられたのは、金色のもふもふした毛並みと立派なたてがみのある可愛い小動物だった。

私はその子をダリオンと名づけて、二年間力を与え続けた。

そのダリオンが正式に神獣として認められたのが数日前。

そして今――私はベルナルド王子から追放を言い渡されている。

「最後に教えてやろう。ヒルキス王国において平民が神獣を育てたなどという事実はなかったことになる。俺の婚約者リーシェが育てたペットが神獣になった……そういうことになるのだ。そのほうが、国民の支持も得られるだろう」

「そういうことですか。この国は平民が目立つのを嫌いますものね」

ベルナルド王子にとって、神獣を育て、最も懐いているのが平民の私なのは都合が悪いのだろう。

「よくわかっているじゃないか。国民はこの国の守り神となる神獣を、卑《いや》しい平民が育てたと知れば失望するからな。神獣には、お前は死んだと伝えておこう」

そうすればダリオンが、新たな主となるリーシェに懐くと王子は思っているのだろうか。

予想していた通りだけど、そっけない態度を取れば彼の性格からして反感を抱くだろう。わざと驚いて見せながら、私はこれからのことを考える。

お金で買われて王宮に住んでいる私に拒否権はないけれど、これだけは言いたい。

「殿下はダリオンを……神獣を侮《あなど》りすぎです。私が死んだと言ってもあの子は納得しないでしょう。そうしたら、なにをするかわかりませんよ？」

その覚悟はあるのだろうか。

「ははっ、必死だな。そうまでしてこの生活を捨てたくないか。……神獣といえど、しょせんは獣。言いくるめることなど造作もない」

「ベルナルド殿下のおっしゃるとおりです。平民の分際でここまでつけあがるとは」

王子と護衛の兵士たちは私を馬鹿にするように笑った。

私は呆れたが、それを表に出すことはしない。

この人たちが神獣を、ダリオンを侮《あなど》っているのは間違いなくて……けれど私の言うことなど、信じるに値しないのだ。

――贅沢な生活にしがみつく浅ましい小娘。

ベルナルド王子たちの私への評価はそういったものなのだろう。

そして、殿下は薄笑いを浮かべた。

「お前の追放は俺だけではなく、王家並びに貴族一同、ひいては国民全ての総意だ。もうくつがえることはない。今すぐに出ていかなければ、この場で処刑しても構わないのだぞ」

処刑なんて。そんなことになったらダリオンはこの国を滅ぼしてしまいそうだ。

馬鹿にされることを覚悟で私は尋ねた。

「……本当に、いいんですね？」

「当たり前だ。ダリオンが神獣となった以上、魔法ひとつ使えない貴様にはなんの価値もない！」

そこまで言われたのなら、出ていくしかない。

言わなかったら後悔すると思ったから言ってみただけ——これでもう、後悔しない。

ダリオンを育てていた時、王宮の人たちは私を平民と見下すばかりだった。そしてダリオンが神獣になったら、用済みだそうだ。

今まで流されるまま生きてきたけど、ヒルキス王国を追い出されるのなら自由に生きよう。

私は、決意を込めて告げた。

「わかりました——私は、この国を出ていきます」

——こんな国、もうどうなっても構わない。

話を終えた王子と護衛の兵士たちは、大声で笑いながら私の部屋から出ていった。

あまり家具を置いていない部屋で一人になって、今までの日々を思い出す。

「私にはなんの価値もない……か。魔力なら他の人とは比べものにならないくらいあるはずなのに、使えなければ無意味よね」

ヒルキス王国の国民は年に一度、魔力の測定を行う。

測定者が魔力を検知する高等魔法を使い、魔力を持つ者を見出すのだ。

魔力を持つ者がいればさらに詳しく調査し、魔法を使えるか、魔法士の資質がないかを測る。

五年ほど前——私が膨大な魔力を宿していることが判明した。

魔力を持つ者は稀《まれ》だから両親は喜んだけど、私は魔法を使うことができなかった。

初めは喜んでいた両親は、そのことを知ると期待外れだと落胆した。

彼らは私に愛情や優しさをくれたことはない。

両親が私にくれたものといえば、「他人に迷惑をかけてはいけない」「目上の者の命令は絶対」という教えだけだった。

——これからも私は、家族の奴隷として生きるんだ。

魔力を持つと言われながらもそれを生かすことができず、私は無力感に苛《さいな》まれた。

その後二年ほどが経ち、十二歳になったある日——私は突然高熱を出して寝込んだ。

そして熱が下がると、不思議な高揚感で体が軽くなっているのを感じ、私は戸惑いながらもそのことを両親に報告した。

両親は、私を王都へ連れていった。

膨大な魔力を宿す者は、稀《まれ》に『スキル』という特別な能力を発現することがあるという。

私は王宮魔法士による鑑定を受けることになったのだ。

その結果、私はテイマーのスキルを持っていることが判明した。

希少な魔力持ちの中で、スキルを発現する者はさらに珍しく、私が生まれたヒルキス王国には、この当時スキル保有者は一人もいなかったらしい。

特にテイマーのスキルは伝説のスキルとして伝わっていたそうだ。

曰《いわ》く、テイマーが力を与え育てた動物は神獣となり、国を守護する……と。

神獣の守護を得た国の受ける恩恵は計り知れないそうで、両親やスキルの鑑定を行った魔法士だけでなく、立ち会った王家の人々も嬉しそうにしていた。

私の膨大な魔力は、全て神獣を生み出すためのもの――スキルが発覚したことで、自分に膨大な魔力がありながら、魔法を使えない理由を知った。

私にテイマーのスキルがあるとわかり、国王や貴族たちは私をどうするか話し合った。私がその結果を知ったのは、帰宅して数日後のことだった。

「喜べノネット！　これからお前は、王宮で暮らすことになった！　王家や貴族の方々の言うことをよく聞くんだぞ」

「ノネット、どんな目に遭っても戻ってきてはダメよ。そうなれば私たちは処罰されてしまうもの！　私たちに迷惑をかけないでね」

――これが、父と母が私に言った最後の言葉だった。

それからすぐに迎えの馬車がやってきた。

王都へ向かう馬車の中、私は緊張していた。

同行した護衛の兵士は、そんな私を見下してこう言った。

「ノネットとか言ったな。お前はこの国のために神獣を育てるんだとよ。ふん、スキルがあるからって、平民が王宮暮らしとはな」

私は震え上がったけれど、もう家には帰れない。

そして王宮に到着し、表向きは客人として扱われた。しかし王宮にいたのは、私を蔑《さげす》む人たちばかりだった。

私が賓客《ひんきゃく》扱いされることが、一部の貴族たちの反感を買っていたのだ。

王宮を訪れる人は私を見ると、わざと聞こえるように呟く。

「ノネットとかいうスキルしか能のない小娘、親に売られたことに気づいていないようだ」

「平民の娘が貴族同然の生活をするなど、不愉快で仕方ない」

「目障りだ……さっさと神獣とやらを用意して、あの平民には消えてもらえないものか」

貴族は平民を見下し、私は暴言を吐かれ続けた。

子どもの頃から両親に厳しくしつけられてきた私にとって、命令は絶対だ。

命令を聞く相手が両親から王家に代わっただけ。

そう自分に言い聞かせながら、神獣候補の動物が用意されるまでの一年間を過ごした。

それまでの私は、なにもない人間だった。

そんなつまらない私の世界は、ダリオンと出会ったことによって、なにもかも変わったのだ。

ベルナルド王子に追放を言い渡される数日前。

その日、私はいつものようにダリオンと過ごしていた。

『ノネット、元気がないようだが大丈夫か？　また貴族たちとなにかあったのか？』

「大丈夫。貴族の方々が私に厳しいのなんて、いつものことだから。心配しないで、ダリオン」

私にはダリオンの言葉が理解できる。

とはいえ他の人には「ガウガウ」としか聞こえないらしく、私が翻訳しても、平民の言うことだと信じようとしない。

この城で、私の味方はダリオンだけ。

ダリオンは、神獣候補として王宮に連れてこられた、『ライガー』という肉食獣だ。

成獣はたてがみのある巨大な猫のような姿だが、初めて会った時は、両腕で抱えられるくらいの大きさだった。

金色の毛が柔らかく、触れるともふもふして心地好い。可愛くて、仕草を眺めているだけで愛おしさが込み上げてくる。

——私がこの子を守り、大切に育てていくんだ。

その子を見ていると、自然にそんな想いが生まれた。

ダリオンと出会った日から、私は様々なことを考えるようになった。

ダリオンという名前をつけて、常にそばで面倒を見る。

そんな日々の中で、私は初めて、幸せというものを実感できたのだと思う。

スキルの力か、ダリオンはすごい速さで成長し、一年も経つと大人が二人乗っても平気なくらいの大きさになっていた。

顔の周りを覆うたてがみは美しく、顔つきも精悍になった。

ダリオンは雄々しさと可愛さを兼ね備えている。

周囲の人たちは成長したダリオンを怖がったけれど、それは見た目だけの問題ではなかったらしい。どうやらダリオンは、私への敵意を察知して威圧していたようだった。

そのおかげで表立って私に敵意を向ける人は激減したのだが、それでも私をよく思わない人は多い。

さらに一年が経つと、ダリオンはますます力を増し、先日ついに神獣として覚醒した。

ヒルキス王国は、自国で神獣が生まれたと華々しく公表したいに違いない。

この国の貴族たちは平民を見下し、国民たちも成り上がった平民を嫌う傾向にある。

であれば、神獣を生み出したのが平民であるという事実は、この国にとって都合が悪い。

――それなら神獣を育て終えた私は、どうなるんだろう……？　神獣を生み出した英雄と称えられることは絶対にない。むしろ用済みとして追い出されるか、最悪口封じに消されることだって……

私は思わずダリオンのもふもふしたお腹に突っ伏して、柔らかい毛をくしゃくしゃと撫でる。するとダリオンが微笑み、声をかけてきた。

『この王宮には、ノネットに敵意を持つ者しかいない。もしノネットが悲しむことがあれば、我は王宮の者どもを絶対に許さない。だから安心するといい』

「ダリオン……ありがとう」

そう言って、私はくしゃくしゃにしてしまったダリオンの毛並みを撫でつけながら、ほっと息を吐く。

ダリオンと過ごす穏やかな日々がずっと続けばいいと願いながらも、私はダリオンとの別れが近いことを悟っていた。


王子たちが去った部屋のなかで一人、これまでのことを思い返してはため息を吐く。

『殿下はダリオンを……神獣を侮《あなど》りすぎです。私が死んだと言ってもあの子は納得しないでしょう。そうしたら、なにをするかわかりませんよ？』

私はそう、王子に忠告した。

けれどベルナルド王子は嘲笑《あざわら》っただけ。彼は、ダリオンが『もしノネットが悲しむことがあれば、我は王宮の者どもを絶対に許さない』と言っていたことなど知る由もないのだ。

神獣として覚醒する前から、ダリオンはヒルキス王国に貢献していた。

テイマーの力を受けて育った動物は結界を張ることができるのだという。

大地に魔力を流して作った結界内は、魔力の力場『聖域』となる。

ダリオンが王都周辺に作り出した聖域では、『魔鉱石』と呼ばれる極めて珍しい物質がとれるようになった。

さらに、人々を襲う魔力を持った生物——モンスターと呼ばれる化物は、聖域の内部だと力が弱くなるらしい。

そのおかげで弱体化したモンスターを簡単に倒せるようになり、国の治安は劇的に改善した。

ヒルキス王国は魔鉱石の産出と、モンスターに脅《おびや》かされることのない平和な国という評判で、急激に発展することになった。

ダリオンが力をつけたこの一年ほどで、ヒルキス王国は繁栄を手にしたが、それもここまでだ。

もうダリオンが、この国に協力することはないだろう。

私を追放し、ダリオンに「ノネットは死んだ」と伝えたとしても、あの子がベルナルド王子の婚約者リーシェを、というか私以外を主と認めることは絶対にない。

そう説明しようと思っていたけど、王子は聞く耳を持たなかった。私の追放が国の総意と言うのなら、もう私には関係ない。

「……昔の私なら、この運命も仕方ないって思っていただろうな」

ダリオンに出会う前の私には自分の意思などなくて、ただ誰かの命令を聞いて生きてきた。

けれどダリオンと出会って——私は変わった。

自分の意思でなにかをしたいと、今は思う。

——命令されたからじゃなく、自分がそうしたいと思うから、私はこの国を出ていく。

その後、部屋にやってきた兵士に案内されて、私は馬車に乗り込んだ。

◇◆◇

ノネットに追放を告げたベルナルドは、意気揚々と神獣ダリオンのもとへ向かっていた。

婚約者のリーシェと一緒に廊下を歩きながら、先ほどの出来事を思い返す。

「『なにをするかわかりませんよ？』……か。いや、あんなものはただの戯言だ」

もう二度と、ノネットと会うことはない。

三年前、王宮にやってきた平民ノネットは、膨大な魔力と、テイマーというスキルを持つだけの平凡な少女だった。

肩までの短い茶髪。容姿はまあまあ整ってはいるが表情は暗く、誰かに従わなければ生きられない平民の典型だった。

それが二年前――神獣候補のライガーを与えたことで、ノネットは変わった。

ダリオンのそばでは明るく笑い、神獣の色に合わせた髪飾りまでつけるようになった。

貴族たちの前では無表情だったが、以前のようにおどおどはしない。

ダリオンを育てたことで自信がついたようで、明確な意志が見えた。

そんな彼女が視界に入るだけで不愉快だった――そんなことを思い出しながら、ベルナルドは隣を歩く婚約者リーシェに視線を移す。

「ベルナルド殿下、ようやく私が神獣の主になれるのですね」

「そうだ。邪魔なノネットがいなくなれば、リーシェを神獣の主として公表できる……そうすれば神獣を育てた聖女として、そしてゆくゆくは俺の妻として、全国民に祝福されるだろう」

公爵令嬢のリーシェなら、神獣の主としてふさわしい。

ベルナルドと同じ、美しい金色の髪。リーシェはそれを左右に結んだ愛らしい髪型で、自信に満ちた表情を浮かべている。

「平民の分際で恐れ多くもこの王宮に住み着いて……あの不愉快な顔を見ないで済むと思うと、本当に清々しますわ。スキルだかなんだか知りませんけれど、あれほどの魔力を持ちながら簡単な魔法のひとつも使えないなんて、信じられません！」

「俺もだ。神獣を成長させるまでと思い辛抱していたが、もう用済みだ。先ほどこの城から消えてもらったよ」

「私はこの世からも消えてほしいくらいでしたが、仕方ありませんね」

リーシェは彼女を処刑するべきだと主張したが、彼女はヒルキス王国の闇を知らない。

あれほどの魔力を有するノネットには、まだ利用価値がある。

ベルナルドはノネットの国外追放を命じたが、それは表向きにすぎない。

リーシェを宥《なだ》めながら、ベルナルドは思案する。

（ノネットはいずれ、処刑されたほうがマシだと思うだろう。いい気味だ！）

ベルナルドとリーシェは、高らかな笑い声を上げた。

神獣ダリオンの小屋の前で、ベルナルドはかつてない高揚感に包まれていた。

大きくなりすぎた神獣用の小屋は、もはや一軒家ほどの大きさだ。

護衛の兵士たちを引き連れ、ベルナルドとリーシェは少し離れた場所からダリオンを眺める。

「何度見ても素敵ですわ。あの神獣が、私のモノになるのですね」

リーシェが目を輝かせながら呟く。

「やはり神獣はあのような平民ではなく、公爵家の令嬢リーシェにこそふさわしい」

鋭い碧眼、二人くらいなら平然と乗せられる巨躯《きょく》、美しい金色の毛。

雄々しいたてがみを見つめていると、ダリオンがベルナルドたちを睨《にら》みつけた。

「グルルル……」

唸り声を上げて警戒心を剥き出しにしたダリオンに、ベルナルドは沈痛な面持ちで告げる。

「ダリオンよ、ノネットは急に故郷へ帰りたいと言って、お前を置いて王宮から抜け出した。俺たちは必死に捜索したのだが、どうやらノネットは運悪く盗賊と遭遇したようでな……これ以上は、俺の口から言いたくない」

「あまりにもひどい状態だったから、亡骸《なきがら》はもう埋めてしまったわ。貴方には見せないほうがいいと思ったのよ」

二人は事前に打ち合わせた通り、ノネットが消えた嘘の理由をダリオンに伝える。

（そこまで無様な死を遂げたと聞けば、呆れ果てたダリオンはノネットのことなど忘れ、リーシェを主にするだろう）

ダリオンは人の言葉を聞いて理解することはできるようだが、会話ができるわけではない。その程度の知能しか持たない獣だ。この程度の理由で納得するだろう……それが、ベルナルドの考えだった。

ベルナルドは事前に鏡で練習した悲しげな表情を浮かべ、リーシェはダリオンに手を伸ばす。

「あんなに贅沢な暮らしをさせてあげたのに、王宮から抜け出して死んでしまうなんて、馬鹿な子よね。ああ、薄情なノネットに捨てられて可哀想なダリオン……この私が、貴方の新しい主になってあげるわ」

ノネットはダリオンを見捨てて死んだと告げ、リーシェが新たな主として優しく接する。

その計画で問題ないと二人は考えていた。しかし、リーシェがたてがみに触れようとした瞬間、ダリオンが吠えた。

「グルルル――ガァウ‼」

ダリオンは咆哮《ほうこう》を上げて、ベルナルドとリーシェを鋭く睨《にら》んだ。

人を丸呑みできそうな口が轟音を発し、二人は怯《ひる》む。

「ひぃぃ――っ⁉」

ベルナルドとリーシェは、神獣を侮《あなど》っていた。

木造の小屋がガタガタと揺れ、背後に控えていた兵士たちが慌てて前に出る。

鞘《さや》から剣を抜く音が響き、臨戦態勢をとった。

神獣ダリオンは鋭い牙を剥き出しにしている。

「ぐっ……落ち着け、ダリオン！　ノネットはもういない！」

しかし、ダリオンは聞く耳を持たない。

（なっ――なぜ、こんなことに⁉）

ベルナルドには、目の前の光景が理解できない。

そして、それは隣にいるリーシェも同じだった。

「ベルナルド様！　話が違います‼」

うろたえる二人を威嚇《いかく》するように、巨大な神獣が再び咆哮《ほうこう》を上げた。

「殿下ッ⁉」

「なにをするかわからない！　全員で神獣を取り押さえるんだ‼」

兵士たちはダリオンのただならぬ様子に慄《おのの》いていたが、ベルナルドの号令を聞いて、ダリオンに襲いかかった。

懐柔に失敗したベルナルドは、兵士たちにダリオンを取り押さえさせ、痛めつけて従わせるという策をとることにしたのだ。

兵士たちは数人がかりで向かっていくが、ダリオンにいともたやすく吹き飛ばされた。

小屋を飛び出したダリオンは、いっそう巨大に見える。

圧倒的な力の差を目の当たりにして、ベルナルドは呆然とした。

「なっ――ごぁっ⁉」

その瞬間、ベルナルドは自分の身になにが起きたのか理解できなかった。

ダリオンがベルナルドに飛びかかり、その太い右足でベルナルドの頭部を勢いよく地面に叩きつけたのだ。

（ぐうっ……今まで温厚だったから油断していた。ルゼアが王宮に戻るのを、待つべきだった！）

「ベルナルド、様ッ――」

リーシェが倒れる音が聞こえた。

おそらく恐怖から失神したのだろう。

地面に叩きつけられたことで激痛が走るが、どうやらダリオンはベルナルドの頭を踏み潰す気はないようだ。

だが、人を丸呑みできるほどの巨躯《きょく》と、グルルと唸り声を響かせる口――そして牙に、背筋が凍る。

敵意を剥き出しにするダリオンは、いつベルナルドに噛みついてもおかしくない。

頭部を押さえていた前足が背中に移り、身動きが取れなくなる。

（あまりにも、力の差がありすぎる）

このままでは殺される――そう思ったベルナルドは必死に叫んだ。

「ダッ、ダリオン！　我々にはどうしようもなかったんだ！　悪いのは王宮を飛び出したノネッ――」

ノネットの名前を出そうとしたことが、ダリオンは不愉快だったらしい。

ダリオンの前足に力が加わる。全身がミシミシと音を鳴らし、ベルナルドは呻《うめ》き声を漏《も》らす。

「がぁっ、ぁぁっ――」

「グルルル……」

追放を告げた時のノネットの言葉は正しかったのだとようやく理解し、ベルナルドは自分の死を覚悟した。

――欲張りすぎた。ノネットの発言を信じれば良かった。

そう後悔した時、ベルナルドは、ふと背中に感じていた重みがなくなっていることに気づく。

「ぐぅっ……ダ、ダリオン……」

痛みは治まっていない。

ベルナルドが激痛に耐えながら立ち上がると、ダリオンが自分に背を向けてどこかへ行こうとしているのに気が付いた。

視線の先にあるのは、城門だ。

ベルナルドは直感的に悟る。

ダリオンはこの王宮から――ヒルキス王国から出ていこうとしているのだ、と。

「まっ、待ってくれぇぇっ……」

ダリオンが国を去れば、最悪の事態が訪れるかもしれない。

ベルナルドは、ダリオンを引き留めようと思案する。

(ノネットが生きていると伝えれば、奴を追放したことがバレる。そうすればダリオンはさらに怒るだろう)

そうなれば、次は殺されるかもしれない。

もはやノネットは死んだという嘘を貫き通すしかない。城門へ歩を進めるダリオンにベルナルドは叫ぶ。

「ここを出てなんになる！　ノネットはもういないのだぞ‼」

ダリオンは足を止め、ゆっくりと振り向く。

呼び止めることには成功したが、ダリオンは「グルルル」と唸り声を上げ、敵意を剥き出しにしたままだ。

――ノネットがいないのなら、この国に用はない。

ダリオンの言葉を理解することはできないが、そう言っているようだと思った。

「ダリオン！　お前が望むならなんでも用意してやる！　こんな小屋よりもっと立派な家も、贅《ぜい》を尽くした食事もやろう……王宮での豪華な暮らしなど、他でできることではないのだぞ⁉」

神獣候補として王宮で飼育された二年間。

その日々はただの動物には贅沢すぎるものであり、捨てられるわけがないとベルナルドは確信していた。

しかし、ダリオンは悩む様子もなく首を振る。

ベルナルドは心の中で舌打ちをした。

（ぐっ……このケダモノめ、甘やかされてばかりで、失うことの怖さを知らないのか⁉　こうなったら……）

餌で釣れないのなら、鞭を使うしかない。

ダリオンにとってそれほどノネットが大切なら、それを利用してやろうとベルナルドは考えた。

「ダリオン！　この国はノネットの大切な故郷だ。お前が出ていけば、ノネットの故郷が滅ぶことになるのだぞ！　それでもいいのか⁉」

ダリオンは視線を鋭くしてベルナルドを見据えた。

「ヒルキス王国の国境近くで独立自治を行う、魔法研究機関イグドラ……俺たちはその機関と協力関係にある。お前が作り出した聖域の恩恵によって、イグドラは技術力を向上させた。そしてイグドラは聖域があるこのヒルキス王国に、より強力かつ凶悪なモンスターを召喚しているのだ！　だが、このままお前がいなくなれば、聖域の効果は消え、この国はモンスターたちに蹂躙《じゅうりん》され、跡形もなく滅ぶだろう……」

暗に「お前のせいでノネットの故郷がなくなる」とダリオンに脅しをかける。

ヒルキス王国と魔法研究機関イグドラの協力関係――このことは、王家と貴族の一部しか知らない秘密だ。ノネットとダリオンにも話していない。

嘘というのは、真実を交えることで信憑性を増す。

そうしてベルナルドは、神獣ダリオンを引き留めようとした。

イグドラがモンスターを召喚しているというのは、本当のことだった。

強力なモンスターから採れる素材は、加工すれば強い武具や、便利な魔道具の材料となるが、入手するのは困難で、それだけ高価だ。

しかし、聖域の力でモンスターを弱体化させることができれば、それらの素材が簡単に手に入るようになる。国力を上げるにはうってつけの方法だった。

今ダリオンを失えば聖域の効力が消え、モンスターたちは再び強力になり、ヒルキス王国に危機が迫る。

それは間違いないが、イグドラの使者は神獣がいなくても対処する方法があると豪語していた。

具体的な方法は国王にしか知らされなかったが、その国王が納得するものならば、と貴族たち、そしてベルナルド自身も機関の提案に賛同したのだった。

だから、ダリオンがいなければヒルキス王国は滅ぶというのは嘘だ。

それによってダリオンに自らの重要性を自覚させ、ヒルキス王国に留めることが狙いだった。

「グルルル……」

呻《うめ》き声を発しながら話を聞くダリオンを見て、ベルナルドは頭を深く下げる。

たかが獣に頭を下げることはベルナルドにとってこれ以上ない屈辱だが、今後の利益を考えれば、そうするべきだと判断したからだ。

「頼む。この国を滅ぼさないでくれぇぇっ……」

次期国王となる自分がここまで頼んでいるのだから、ダリオンは聞くしかないだろう。

そう確信しながらゆっくりと頭を上げると——そこには、呆れたようにベルナルドを見下すダリオンの姿があった。

ダリオンは「ゴオォッ」となにかを言ったかと思うと、とてつもない跳躍で城壁を越えていく。

「なっ――待て！　ダリオン!!」

その声は、神獣には届かなかった。

ベルナルドにはダリオンが最後に「馬鹿が、自業自得だ」と言ったように思えた。

――こうしてベルナルドたちは、神獣を失った。

今後のことを想像し、全身を震わせるベルナルドだが、すぐに立ち直る。

「クソッ……まあいい。すでに相当な恩恵は受けてきたし、イグドラがなんとかするだろう」

神獣を失ってなお、ベルナルドは優秀な魔法研究機関イグドラを盲信していた。

神獣を失ったことで最悪の事態になることを、ベルナルドはこれから知ることになる。

第一章　追放と再会

国外追放を言い渡された私は、馬車に乗って王宮を出た。

私がちゃんと国外へ出たかを確認するためなのか、馬車には兵士が同行している。

馬車のキャビンで向かいに座っている、その男は……かつて私が家から王宮へ向かった時に、護衛を務めていた兵士だった。

あまり関わりたくなくて目を合わせないでいると、兵士が舌打ちをした。

「あの頃は辛気臭いガキだと思っていたが、ずいぶんと変わったもんだ。王宮でさぞかしいい思いをしてきたんだろう」

「……」

私はダリオンと出会ったことで、いいほうに変われたと思っているけど、それを不愉快に思う人もいる。悔しいけれど、私は兵士の言葉に反応しないことにした。

そんな私を見てさらに不快になったのか、兵士が顔を歪ませる。

「まあいい。これからお前が、どこへ行くかわかるか？」

「いえ、なにも聞いていません」

そう答えると、歪んでいた兵士の顔が一変し、醜悪な笑みが浮かんだ。

私が眉根を寄せると、兵士は楽しげに話し始める。

「イグドラって知ってるか？　国外にある魔法を研究する機関なんだと。そこでは様々な魔法の実験をしているらしい」

その名前は初耳だけど……両親に売られた私は帰る場所がないから、そこで働けということなのだろうか？

このまま馬車に乗っていればその場所へ連れていかれるのだとしたら、どうにかして抜け出さなければならない。

私には、行きたい場所があるのだ。

逃げる方法を考えていると、機嫌の良さそうな兵士の声が聞こえた。

「魔法は使えなくとも膨大な魔力を宿しているお前を、イグドラは実験体として欲しがってたんだとよ。つまり、お前はまた売られたってことさ」

「えっ……？」

神獣を育てるために買われて、今度は魔法を研究している機関の実験体にされる？

困惑する私の姿を楽しんでいるのか、兵士は笑みを浮かべたまま話を続けた。

「親に売られたお前をどう使おうが、買った国の自由だろ。スキル持ちで魔力が膨大な珍しい実験動物なんて、なにをされるかわかったもんじゃない。もしかしたら、精神が崩壊するかもな」

「そんな非道な組織と、ヒルキス王国が関わっているんですか？」

「昔から深い付き合いらしいぜ。この国で頻繁に行われている魔力の測定やスキルの鑑定なんかは、実験体を探すためのものなんだとよ」

兵士の話を聞いて、私は昔、母に言われた言葉を思い出した。

『あなたのように魔力が強い子どもは、妖精にさらわれてしまうかもしれないわね。魔法さえ使えたら、身を守れたのに』

嫌な予感がして、震える声で尋ねる。

「……魔力が強い子どもは妖精にさらわれると、聞いたことがあります。本当に行方不明になった子どももいるって」

「察しがいいな。お眼鏡にかなった奴はイグドラに連れていかれて、実験体としてひどい扱いを受けるらしい」

「そんな……そこまでひどいことを、ヒルキス王国は認めてるんですか⁉」

「それだけ利があるからだろ。魔力量が多い子どもは精神が不安定になるから、その精神を安定させたり、逆に限界まで不安定にして魔力が増幅するか実験したりする。実験が失敗したら廃人、成功しても大半の奴は奴隷のように扱われる……どっちがマシだろうな」

もしスキルが発覚していなければ、私も同じ道を辿っていたかもしれない。

魔法を研究するためだとしても、イグドラと呼ばれる組織は明らかにやりすぎだ。

「そんな場所に、私は連れていかれるの？」

「いや、イグドラの場所は秘匿されているからな。この馬車は、イグドラの魔法士が待機している場所に向かっている。なあ、なんで俺がこんなことまで知ってるかわかるか？　お前みたいなガキを、もう何度もイグドラに引き渡しているからだよ。ははっ、お前は今までいい生活をしてきたんだ。その分の不幸が降りかかるのくらい平気だろ？」

楽しげに告げる兵士の発言に、私は苛立っていた。

魔法研究機関イグドラは非人道的な組織で、それがヒルキス王国と強い協力関係を結んでいた。

生まれ育った国ではあるけれど、追い出された今、この言葉を口にするのにためらいはない。

「——この国は、ヒルキス王国は腐ってる」

「魔法が使えず、神獣もいないお前が怒ったところでなにもできねぇ。お前はこれから、実験動物として生涯を終えるのさ」

——そんなことは、絶対に嫌だ。

イグドラに連れていかれたら、逃げるのは難しいだろう。

逃げるなら馬車に乗っている今しかないけど、魔法が使えない私にはなにもできない。

絶望の中で、私は希望に繋がりそうなことを思い浮かべる。

流されるだけの人生の中で、ダリオンと出会ったこと。

そして、もうひとつ——私にとって、とても大切な思い出。

こんなところで終わりたくない。

なにか、この状況を打開する方法はないだろうか。

そう考えていた時、御者台から悲鳴が聞こえた。

馬車が急停車し、出ていった兵士が叫び声を上げる。

「なっ⁉　こんなところにモンスターだと⁉」

兵士の叫びを聞き、私はとっさに馬車を出た。

そこにいたのは、獰猛そうな二足歩行の人型トカゲ――リザードウォリアーと呼ばれるモンスターだった。

火の魔力を宿した赤い体。体格は兵士と同じくらいだけど、侮《あなど》ってはいけない。

世界中でもトップクラスに凶悪なモンスターだ。

王宮で暮らすようになってからダリオンと出会うまで、暇を持て余した私は様々な本や図鑑を読んで過ごしていたから、そういった知識は人より多い。

御者台にいる兵士は負傷していて、それをもう一人の兵士が助けに向かう。

私は馬車の陰に隠れながら、モンスターと二人の兵士を眺めて呟いた。

「本当にリザードウォリアーがこの国にいるなんて……」

リザードウォリアーは、冒険者が数人がかりでやっと倒せるモンスターだ。

凶悪ではあるけれど、人の住めない場所にしか生息していない。それが、少し前からヒルキス王国に現れるようになったのだという。

ザシュ、と嫌な音がして、兵士の断末魔が聞こえた。

リザードウォリアーの鋭い爪の一撃は強烈だ。

私を蔑《さげす》んでいたあの兵士もボロボロで、モンスターを睨《にら》みながら必死に叫ぶ。

「クソッ！　聖域の中にいりゃモンスターは襲ってこないんじゃなかったのか⁉　神獣はなにをし

ている!!」

そうだ、聖域の効果でモンスターは弱体化し、戦意を持つことすらほとんどないはず。

強力なモンスターを倒すのは難しいが、そこから採れる素材は貴重で、材料としてだけでなく、
それを使って作られた武具や魔道具も高値で取引される。

聖域のおかげでそんなモンスターを楽に倒せるようになったことは、ヒルキス王国が急激に発展した一因だ。

全てダリオンの力によるもの——そこまで考えて、私はリザードウォリアーが好戦的な理由に思い当たった。

「もしかして……ダリオン？」

私が王宮を出てからだいぶ時間が経っている。

もうベルナルドはダリオンに事情を話しているに違いない。

話を聞いたダリオンが激昂《げっこう》し、ヒルキス王国を守る結界を消した——それは、十分考えられることだった。

私がいなくなった国に、ダリオンが協力するはずない……わかりきっていたことだ。

リザードウォリアーの攻撃を受けて負傷した兵士は、青い顔で必死に叫ぶ。

「ノッ、ノネット様！　助けて——」

兵士の言葉はそこで途切れた。彼はリザードウォリアーの攻撃を受けたのだ。

そして獰猛なモンスターが私を見る。

……絶体絶命だ。

兵士が助けを求めたのは私の膨大な魔力量を知っていたからなのだろうか。けれど私は魔法なんて使えない。

訓練された王宮の兵士二人を余裕で倒すモンスターに、勝てるわけがなかった。

今まで戦闘に参加していなかった私を、トカゲの戦士がじっと見る。

私の魔力を警戒しているような様子ではあるけれど、逃げようとはせず、むしろジリジリと距離を詰めてくる。

「そんな……嫌！　私にはまだ、やりたいことがあるのよ！」

弱気になってしまったけれど、すぐに気を引き締めた。

別にいつ死んでも構わないと思っていたのは、ダリオンと出会う前のことだ。

今は違う。

私には、行きたい場所がある。

この状況――私が魔法を使えれば、乗り越えられるはずなのに。

獰猛なリザードウォリアーが迫り、息が荒くなる。

「魔法さえ使えれば――」

絶体絶命、これまで生きてきた中で初めて感じる生命の危機に、私は今なら魔法が使えるんじゃないか、という気がしていた。

「――ギィッ!?」

その時、リザードウォリアーが驚いたように鳴き声を上げる。

私の中に眠る膨大な魔力を警戒しているのだろうか。

今魔法を使わないと、私の人生が終わってしまう。

私は覚悟を決めて、精神を集中させた。

しかし、それでも魔法が発動することはない。

こんなところで終わりたくない——！　そう歯噛みした時。

『——我が主よ!!』

私のもとに駆けつけたのは、ダリオンだった。

ダリオンの咆哮《ほうこう》が響き渡るのと同時に、リザードウォリアーは私に背を向けて走り出した。

力の差を察したのだろう、逃げ去っていくリザードウォリアーを、ダリオンがものすごい速度で追いかける。

そして右前足から爪の一撃を繰り出し、リザードウォリアーは反転して左腕で防いだ。

しかし衝撃で吹き飛ばされ、倒れる。

それで終わりではなかった。倒れたリザードウォリアーは口を開けて、火球を飛ばした。

「——えっ!?」

灼熱の弾丸が高速で迫る。足がすくんで動けない。

ダリオンが来てくれたからもう大丈夫だ、なんて思ってしまったけど、敵にとって膨大な魔力を持つ私が脅威であることに変わりはなかったのだ。

けれど火球が迫る一瞬で——私は違和感を覚えていた。

今までのダリオンなら、私を守ることを優先したはずだ。

それなのに敵を倒すことを優先したのなら、それにはなにか理由があるはず。

ダリオンを信じると、恐怖心が消えていく。

そして私の目の前には、一人の男性が立っていた。

回避できなかったはずの灼熱の弾丸は、かすりすらしていない。

「……助かったの？」

「ああ、無事でなにより！」

私が困惑とともに問いかけると、長剣を構えた青年が笑顔でそう言った。

筋骨隆々の青年は、右と左の腰に長さの違う剣の鞘《さや》を下げている。

この剣で、火球を切ったのだろうか。だとすれば、すごい腕前だ。

青年はボサボサの短い黒髪をかき上げると、今度はダリオンを睨《にら》みつけた。

「リザードウォリアーを簡単に倒すとは……君は下がっているんだ！」

その声は、私のことを本気で案じるものだ。

ダリオンは、私を守るのはこの人に任せて、リザードウォリアーへ向かったのだろう。

けれど、青年の言葉は聞き捨てならなかった。

「待ってください！　あの子はダリオン、私の味方です！」

「味方!?　……確かに、敵意がないな」

青年は表情を和らげ、剣を鞘《さや》に戻した。

ダリオンは見た目が怖いから、モンスターと疑われてもおかしくはない。

それでも、すぐに味方だと信じてもらえたようだ。

「勘違いして、悪かった！」

「いえ、助けてくださり、ありがとうございます」

青年は申し訳なさそうに、深く頭を下げた。釣られて私も一礼する。

「オレは冒険者のユリウス。ダリオン君、すまなかった。君があのモンスターを倒した時点で、味方だと判断するべきだった」

自己紹介の途中でダリオンが近づいてきたから、ユリウスが再び頭を下げる。

粗野に見えたけど、彼は礼儀正しい人のようだ。

ダリオンはうなずいて鳴き声を上げる。

『気にしなくていい。貴殿がノネットを守ろうと動いてくれたからこそ、我は敵の排除を優先できた』

「うん、目と声で言わんとしていることはわかるぞ！　いい判断だった！」

ユリウスには「ガウガウ」としか聞こえないはずだけど、意味は伝わったらしい。

冒険者はモンスターと対峙することが多いから、人間以外の生物の気持ちがわかるのかもしれない。

そしてユリウスは、すでに事切れた兵士二人に両手を合わせる。

悲痛な表情で祈る彼に、私は思わず言っていた。

「あの……ええと、この兵士は、ひどい人でした」

「どんな人間であれ、命の重さに変わりはないよ。オレがもっと早く来ていれば間に合っていたかもしれない……だが、気遣ってくれてありがとう」

ユリウスは目を細め、私に向かって微笑む。

「それにしても、どうしてリザードウォリアーが……」

「それはオレも気になっていた。リザードウォリアーなんて、めったに現れるものじゃない。それに、聖域の中で人を襲うことなど滅多にないはずなのに」

『それは我が結界を消したせいだ。そのせいでノネットを危険に晒《さら》してしまうとは、不覚だった……先ほどベルナルドが我に言ったのだ。イグドラなる組織が、なんらかの術でモンスターを召喚している、と。リザードウォリアーがこんなところをうろついていたのは、そのせいだろう』

「イグドラ……!?」

兵士から聞いたばかりの名前がダリオンの口から出てきて、思わず声を漏《も》らす。

「っ！　お嬢ちゃん、今イグドラって言ったか？　イグドラについて、なにか知っているのか？」

私が呟いた『イグドラ』という名前に、ユリウスも反応した。

私の国外追放、モンスターの召喚、そしてユリウス……

イグドラについてを知ることが、今の私たちに必要なことなのかもしれない。

そう考えた私は、彼に事情を話すことにした。

平原で、私とダリオンは、知っていることを全てユリウスに話した。

そしてユリウスも、ヒルキス王国に来た理由を教えてくれた。

ユリウスはここ最近ヒルキス王国に強力なモンスターが現れるようになったと聞き、調査に来たのだという。

私は、ユリウスにダリオンのことや自分の力のことを明かすことにした。

リザードウォリアーと対峙した時、ダリオンは私の守りをユリウスに任せた。

私に対する他者の感情を察知できるダリオンが信頼できると感じた相手なら、私も信頼できる。

それに私も話してみて、信頼できる相手だと思ったのだ。

「テイマーのスキルとはまた、とんでもないな……それに、ダリオンは神獣か」

『ユリウスは、我らの力を知っているようだな』

テイマーのスキルや神獣のことについて聞いたユリウスは、顔をひきつらせた。どうやら心当たりがあるようだ。

「ユリウス様は、テイマーについてご存じなのですか？」

「オレのことはユリウスでいい。……テイマーについては、それほど詳しくない。だがスキルについて知りたいなら、冒険者ギルドの本部に行けば、なにか資料があるだろう」

それは思ってもみない情報だった。

テイマーのスキルは一頭だけ動物を神獣へ格上げさせる能力。一度神獣を生み出したらそれきりだと思っていたけど、それ以外にも情報があるなら、知りたい。

「調べてもらうことはできませんか？」

そう尋ねると、ユリウスは首を左右に振る。

「本部まで行って調べるのは、時間がかかる……こうなったら早いところイグドラとヒルキス王国をどうにかするべきだとオレは思う」

「イグドラ……冒険者ギルドも、イグドラを警戒してるんですか？」

「そうだ。魔法研究機関イグドラは謎が多く、極めて危険な組織だ。話を聞く限り、ヒルキス王国と深く関わっているのは間違いない」

ユリウスはヒルキス王国の調査に来たと言っていたが、本当の目的はイグドラなのだろう。

兵士たちもイグドラの場所は秘匿されていると言っていたし、イグドラについて探るのは一筋縄ではいかなそうだ。

「この国に強力なモンスターが現れ出したのはイグドラの仕業だと、ベルナルド王子がダリオンに言ったそうです」

私はダリオンから聞いた話を、ユリウスに伝えた。

彼はうなずいて、私たちに話す。

「そうだな。オレはヒルキス王国の王都へ調査に向かう。イグドラと繋がりがあるとすれば、王家の人間だろう」

「そうですね。私をイグドラに引き渡そうとした兵士も、ヒルキス王国とイグドラは昔から深い付き合いなのだと言ってました」

「ああ。そして聖域の力を失ったヒルキス王国は、これから混乱するはずだ。モンスターを召喚する手段には心当たりがある……人々に危険が及ばないよう、なるべく早く冒険者ギルドが対処しよう」

静かに話を聞いていたダリオンが、私の腕に頭をこすりつけて言った。

『モンスターに対処する方法は、ヒルキス王国になにか策があるように思う。ベルナルドの態度には、あきらかに嘘があった』

「そっか。あの王子、嘘つくの下手だもんね……。ユリウスさん、ヒルキス王国には、ダリオンがいなくてもモンスターに対処する方法があるみたいです」

「それなら、いいのだが……しかし、人命がかかっていることだ。念には念を入れるさ」

ユリウスにとって、人々の安全を守ることが最優先なのだろう。

聖域の力を失って、ヒルキス王国は一気に危険な国になってしまった。

あの国がどうなろうと私は構わないと思っていたけど、ユリウスのことは心配だ。

「ユリウスさん、あまり無茶はしないでください」

「ああ。だが、ここは繁栄のためなら、リザードウォリアーのような危険なモンスターを呼ぶことを厭《いと》わないような国だ。なにをしでかしてもおかしくない」

ユリウスは強い眼差しでそう断言する。

正直なところ、私はもうヒルキス王国と関わりたくなかった。

だから後のことは、冒険者ギルドに任せたい。

そう考えていると、ユリウスが尋ねる。

「お嬢ちゃん――いや、ノネット。君はこれからどうするつもりだ？」

「えっ？」

「なにも決まっていないのなら、冒険者ギルドで保護してもらうこともできる……このまま放ってはおけない」

彼は、本心から私を心配していた。

人を守るのは冒険者として当然の行動なのかもしれないけど、その優しさが嬉しい。

しかし――私は、首を左右に振る。

「ユリウスさん、ありがとうございます……ご提案は嬉しいんですが、私には会いたい人がいるんです」

「会いたい人？」

「はい。もし居場所がなくなったら来てほしいと、私に言ってくれた人です」

そう言うと、ユリウスは一瞬、面食らったように目を見開き、それから優しく微笑んだ。

「それなら、取り越し苦労だったな。ダリオンもいるし、大丈夫だろう」

「はい。ありがとうございました」

すぐ納得してくれた辺り、なにか察していたのかもしれない。

それからユリウスは、スキルや神獣のことは誰にも言わないと約束してくれた。

再びお礼を言って、私たちはユリウスと別れた。

ユリウスとの話を終えて別れた後、私はダリオンの背中に乗って平原を駆けた。

柔らかくもふもふしたダリオンの毛を撫でると、心が落ち着く。

「ダリオン、どうして追いかけてきたの？」

どうやら、ダリオンにはいつでも私の居場所がわかるらしい。

聞きたかったのはどうやって、ではなく、どうして、だ。

ダリオンが王宮での裕福な暮らしを捨てたことが気になって、つい尋ねてしまった。

『我は、ノネットのそばにいたかった』

やっぱりダリオンは、ヒルキス王国よりも私を選んでくれた。

裕福な暮らしを捨ててまで、一緒にいるほうを選んでくれた。

だけど後悔していないか不安だった。

「ダリオン、本当にいいの？」

『いいに決まっている。ノネットがそばにいなければ、生きる意味をなくしたも同然だ』

それは大げさな気がするけど、出会ってから今まで、ダリオンと離れたことはなかった。

だから、私も一緒にいられることが幸せだ。

「私は仕方ないって諦めそうになってたけど……やっぱりダリオンと一緒にいたい」

『ああ。ノネット、あの後、なにが起きたのかを詳しく話しておこう』

私がリラックスして全身を預けると、ダリオンは嬉しそうに話し始めた。

王子に追放を言い渡されてから再会するまでに起きたこと。

私は家に帰ろうと王宮から抜け出して、不運にも盗賊に殺された——のだそうだ。

「そんな嘘でダリオンを騙せるって、本気で思ってたのかな？」

『獣と思って侮《あなど》っていたようだ。愚かな奴め』

確かに、私にも『神獣といえど、しょせんは獣』とか言っていたし、ベルナルドは本気だったのかもしれない。

そもそもダリオンには私が生きていることがわかるから、どんな理由でも私が死んだことにするのは無理だ。

ダリオンの力が詳しく知られていなくて良かった。

「それにしても、ベルナルドが言ったこの国が滅ぶって、本当かしら？」

ユリウスとも話したが、なんらかの対処法があると信じるしかない。

ヒルキス王国は聖域の力をあてにして強力なモンスターを召喚し、国を発展させようとしたが、そのダリオンが国より私を選んだ以上、それはできなくなった。

それどころか召喚したモンスターが国を滅ぼすかもしれないのだ。

『いや、それならノネットを追い出したりしないだろう。やはりなにか対処する方法があるはずだ』

「やっぱり、イグドラがなにか絡んでるんじゃないかな」

魔法研究機関イグドラは、かなり強大な組織だとユリウスが教えてくれた。

強力なモンスターを呼び寄せるという無茶苦茶な計画を実行に移すくらいだ。ヒルキス王国と協力関係であるというのが本当なら、王家の人間が納得するだけの対応策を用意しているに違いない。

けれど……本当に滅んでしまったら？

ダリオンが私を選んだことで国を出て、そのせいで国が滅ぶかもしれない。

王子は私を恨むだろう。

「他人に迷惑をかけてはいけない」と私に教えた両親も。

ダリオンはどうだろう？　私を選んだせいで、たくさんの人が死んでしまったら。

そう考えたら、少しだけ怖くなって、ダリオンの毛並みをくしゃくしゃと撫でる。

いや、もしなにか問題が起きたとしても……私を追い出すと決めたのは王子や、王宮の人たち。国全体の総意だと言ってたじゃないか。だから、自業自得だ。

そう自分の中で結論づけても、なんだか落ち着かない。

「ダリオンは、この国を守護しなくてもいいの？」

神獣とは国を守るものだと聞いていた。だから神獣であるダリオンはそういうものでありたいんじゃないだろうか。それが不安だった。

『ああ。今まではノネットが生きる国だから守護していたが……我は、ノネットのそばにいたいだけだ……』

声が弱々しくなったことに気づいて、振り向く。

ダリオンの尻尾が力なく垂れていて、私は察した。

——いつも、嬉しい時はぴょこぴょこ揺れてるのに。

ダリオンが後悔してないか、傷ついてないかと思って聞いたことだったけど、それがダリオンには、私がダリオンと一緒にいたくないように思えたのかもしれない。

逆に不安にさせてしまった。

「ダリオン……ありがとう」

ダリオンのもふもふとしたたてがみに顔をうずめて感謝を伝えると、後ろで尻尾がぴょこぴょこと跳ねたのがわかった。

今の私はお金も食料もなにも持っていないけど、ダリオンがいてくれるだけで幸せだ。

『今からこの国を出るとして、ノネットは行きたい場所はあるか？　どこへでも、我が連れていこう』

ダリオンなら、本当にどこへでも連れていってくれそうだ。

国から追い出された私が、どこに向かうべきか……私には、行きたい場所がひとつだけある。

「そんなことを言って、ダリオン。私が行きたい場所、もうわかってるんでしょ？」

『大方予想はついているが、確認は必要だろう』

「そうね。……あれはただの冗談だったのかもしれないけど、行かなかったらきっと、後悔するから。……私は隣国に、ハーチス王国に行きたい」

ハーチス王国には、会いたい人がいる。

隣国の第三王子、クリフォード・ハーチス殿下。

彼との出会いは、私にとって数少ない大切な思い出のひとつだった。

『もしもいつか君が居場所を失うようなことがあれば、ハーチス王国を――僕を頼ってくれ。ハーチス王国は、君たちを歓迎するよ』

あの日かけてくれた言葉。

ただの社交辞令だったのかもしれない。けれど、私はあれが本心からのものだと信じたかった。

『クリフォードか。我もあの王子なら信用できる。行くとしよう！』

嬉しそうに大きく吠えると、ダリオンは速度を上げた。


クリフォード殿下と出会ったのは、一年前のことだった。

当時、ベルナルド王子は、国家機密だというのにテイマーと神獣のことを他国の王子に自慢して回っていたようだ。

話を聞いたクリフォード殿下は、これから神獣になるダリオンを見せてほしいとベルナルドに頼んだという。

そしてヒルキス王国を訪れた時、テイマースキルを持つ私に興味をもって、話しかけてきたのだ。

クリフォード殿下はかなり背が高くて、大人びた印象があったけれど、ベルナルドより年下らしい。

金色の瞳は吸い込まれそうなほど美しくて、肩まで伸びた銀色の髪が外にはねたところが少し可愛い。そんな、穏やかで優しそうな人だった。

私がクリフォード殿下と出会って一番驚いたことは、ダリオンが頭を下げて挨拶したことだった。

あとでダリオンから聞いた話では、クリフォード殿下は、王宮の人々とは違い、本心から私に敬意を抱いていたのだという。

その時まで、私はダリオン以外誰も信じられないと思っていた。

けれど、ダリオンが信頼できる相手なら、私も心を開いてもいいのかもしれない――それは、私が初めて、ダリオン以外の人間を信じてみたいと思った瞬間だった。

クリフォード殿下は、ダリオンのもふもふとした毛を優しく撫で、優しげな微笑みを浮かべて挨拶をした。

「はじめまして。僕はクリフォード・ハーチス」

「ノネットです。この子は神獣候補のライガーで、ダリオンと言います」

『ダリオンだ』

それから、クリフォード殿下はダリオンについて尋ねてきて、話をするうちに、私が王宮に来ることになった経緯にも興味を持った。

「ベルナルド君や王宮の人から聞いていた話とはだいぶ違うようだから気になったのだけれど、言いたくなかったら言わなくて構わないよ」

クリフォード殿下は私を気遣ってくれて、私は自然とこれまで誰にも言えなかった私自身のことを話していた。

両親に売られたこと。王宮内での私の評価——辛くないのか、大丈夫なのかと心配しながら、クリフォード殿下は私の話を真剣に聞いてくれた。

「ダリオンはまだ、神獣の力を使いこなせないようだけど、いずれ神獣として認められたら、その時ノネットは——いや、仮定の話はよそう」

「クリフォード殿下？」

「なんでもない。……ねえ、ノネット。もし興味があったら、ハーチス王国に来ないかい？」

そう言って、クリフォード殿下は一枚の紙を差し出した。それは、ハーチス王宮への招待状だった。

許されるなら、今すぐにでも行きたい——そう思ったけれど、そんなことをしたらヒルキス王国に迷惑がかかる。

当時はそう思っていたから、クリフォード殿下の手を取ることはできなかった。

「もしもいつか君が居場所を失うようなことがあれば、ハーチス王国を——僕を頼ってくれ。ハーチス王国は、君たちを歓迎するよ」

「……たとえその時が来ても、ダリオンはこの国に残るかもしれませんよ？」

神獣がいる国には繁栄が訪れる。

クリフォード殿下が心根の優しい人だとわかっているつもりでも、必要とされているのが自分ではなくダリオンのほうなのだと思うと、素直に言葉を返せなかった。

そんな私を見て、クリフォード殿下は微笑んだ。

「君と話せて、僕は楽しかった。それだけじゃダメかい？」

「……わかりました。いつかその日が来たら、考えてみます」


そして一年後の今、私はヒルキス王国から追放された。

思い返すと、クリフォード殿下は、こうなることがわかっていたのかもしれない。

招待状のことを知られたら取り上げられるかもしれないと思って、私はずっと肌身離さず持っていた。

クリフォード殿下には、私を招く思惑があるのかもしれないけど、今のところ行く場所は他にない。

神獣になったダリオンが、国よりも私を選んだと知ったら、殿下は驚くだろうか？

そんなことを考えながら、ダリオンと共にハーチス王国へ向かっていた。


ダリオンに乗って半日も駆けると、隣国ハーチス王国の王都に到着した。

乗っている時は信じられない速度が出ていたはずなのに、神獣の力なのか苦しくも怖くもなく、むしろ風が心地好いくらいだった。

驚いたのは、道中でダリオンが野生のモンスターを狩って、魔法で昼食の用意までしてくれたことだ。

……ダリオンが一緒なら、どこででも余裕で生きられるんじゃないだろうか。

外から見たハーチス王国の王都は、ヒルキス王国とそれほど雰囲気が変わらないように見える。隣国だから文化が似ているのだろうか。

ダリオンに乗って王都の門へ向かい、王宮にいるだろうクリフォード殿下に面会を申し込む予定だ。

もふもふの毛を優しく撫でながら、私は呟く。

「なんだか、ダリオンに助けられてばかりね……」

『助けられてばかり、か。それを言うなら我のほうだ。ノネットがいなければ、我はこの場に存在すらしなかった。実験動物だったからな』

「実験動物……もしかして、ダリオンを神獣候補として用意したのって、イグドラなんじゃないかな？」

『確かに、その可能性は高そうだ』

小さな頃のことだから、ダリオンの記憶は曖昧なようだけど……王宮で聞いた話や、ダリオンのわずかな記憶を繋ぎ合わせたところ、ダリオンは神獣候補として私のもとにやってくる前、どこかで肉体を強化する実験に使われていたらしい。

今にして思えば、そんなことをするなんてイグドラ以外には考えづらいけれど、今となっては確かめることはできない。

「今ダリオンは生きてるんだから、それでいいじゃない」

『ああ。我はノネットに救われ、なにがあっても一緒にいたいと想う。ノネットが拒《こば》まない限り……ずっと一緒にいさせてほしい』

そう言って甘えたような鳴き声を上げるダリオンが愛おしくて、私は金色に光る毛並みを撫でた。

「ずっと一緒よ、ダリオン。私がダリオンを拒《こば》むなんてありえないわ」

『ノネット……ありがとう』

そう言って、ダリオンは尻尾を左右に振る。

元気を取り戻してくれたみたいだけど、問題は王都の門を通れるかどうかだ。

冒険者が多いこの国では、他国からの来訪者を広く受け入れている。

だから人が入る分には問題ないと思うし、クリフォード殿下の招待状もある。

問題があるとすれば……ダリオンだ。

どうやら王都の中に入るには、検問を通らなければならないらしい。

ダリオンは、ペットというにはさすがにさすがに大きくて威圧感がありすぎる。

「ど、どうしよう……招待状があるし、大丈夫かしら？」

『いや、万一偽物と疑われ、没収されたら目も当てられない。我は門の外で待機して、ノネットにクリフォードを連れてきて説明してもらうか……いや、それでは夜になってしまうし、クリフォードが応じるかもわからないか』

「ダリオンと離れるのは嫌だよ。招待状にはクリフォード殿下のサインもあるし、きっと大丈夫……」

そう話していた時――突如、ダリオンの肉体が光り輝いた。

「なっ、なに⁉」

私は驚いて、ダリオンの背中から飛び降りる。

そのうち光が収まり――現れたのは、一人の青年だった。

金色の長い髪と、大きく鋭い碧眼。

金と白の服をまとった、美青年としか言いようがないほど美しい人がそこにいて……私は目の前の光景が信じられず、思わず尋ねた。

「ダ、ダリオン……なの？」

「……ああ。そのようだ」

私にしかわからなかった今までとは違い、人間と同じ言葉をしゃべっている。

私も相当驚いているけれど、ダリオンも自らの両手を見つめて、呆気に取られているようだった。

「どうにかしてノネットに迷惑をかけず、そばにいたいと考えていたら……この姿になっていた。これは我にも、よくわからない」

「そ、そうなんだ……」

これも、私たちが知らない神獣の力なのだろうか。

いきなり神獣のダリオンが人間の姿になったことは驚いたけど、これでクリフォード殿下の城へ行けそうだ。

「我の顔は、問題なく人間なのだろうか？」

「うん。とてもカッコいい美青年だよ」

「ノネットにとって不快なものでないのならそれでいいのだが、どんな顔になったのか、気になるな……」

ダリオンは顔を手で触って確認しては、その手を見て呆然としている。

「尻尾もないし、人間にしか見えないわ」

「それは良かった。だが、この姿はわずかだが魔力を使うらしい。常にこの姿でいるのは難しそうだ」

それでもその気になれば、数週間くらいは人の姿でいられるだろうとダリオンは言った。

突然のことで驚いたものの、これで問題は解決だ。

私たちは、改めて王都の門を目指した。

私と人の姿になったダリオンは、問題なく王都に入ることができた。

人々が賑《にぎ》わう街並みを歩きながら、城に向かう。

「ダリオンと王都に入れたのは良かったけど、どこで元の姿に戻るかだよね」

ダリオンもうなずく。

「確かにそうだな。この姿の我を知らないクリフォードは、困惑するだろう」

私とダリオンの外見ではどう見ても兄妹には見えないし、いくら招待したといってもいきなりこんな美青年を連れてきたら驚くだろう。

クリフォード殿下がこの美青年をダリオンだと信じてくれるかどうか……元の姿に戻ればわかっ

てくれるだろうけど、殿下の前でいきなり巨大な神獣になったりしたら、護衛が襲いかかってくるかも。

いろいろ不安に思いながら、私たちは城に到着した。

城門で衛兵に事情を話し、招待状を見せる。初めは訝《いぶか》しげな雰囲気だった衛兵は、招待状に書かれたクリフォード殿下のサインを見ると慌ててその場の責任者らしき人に話し、そこから伝言ゲームのように城内へ話が取り次がれたようだった。

私たちはポツンとその場に取り残され、そのうち案内人がやってくるのだろうかと思いながら待ちぼうける。

しばらくして、やってきたのはクリフォード殿下その人だった。

去年見た時と変わらない高い背丈と、少し大きくて穏やかそうな金色の瞳。

護衛の兵士たちを引き連れて歩いてきたクリフォード殿下は、優しく微笑む。

「久しぶりだね、ノネット。……え、えっと、この人は？」

案の定、人の姿のダリオンを見て驚いている。当然の反応だ。

私はクリフォード殿下に再会できたことが嬉しくて、見惚れていた。

そんな私を見かねて、隣に立っていたダリオンが言う。

「我はダリオン。ノネットと共に来た」

「……は？」

口をぽかんと開ける姿すら優美に見えるから不思議だ。

神獣ダリオンのことは、ヒルキス王国の王宮関係者か、かつてベルナルドが触れまわっていたのを聞いた他国の王子しか知らない。

当然兵士たちはダリオンと聞いても気にした様子はなかった。

けれど、神獣候補のライガーだったダリオンを知っているクリフォード殿下は、呆然とする。

「えっと……本当に？」

「はい。本物のダリオンです」

「ええっ……ダリオン、さん……？　が一緒なことも驚きだけど……。こんなこともできるなんて……」

「ダリオンでいい。我も先ほど知ったのだ。自分でも驚いている」

二人の会話を聞きながら、私は「ダリオン、相手が王子でも敬語を使ったりしないんだな」と見当違いのことを考えていた。

護衛たちはダリオンのもの言いになにも反応しないけど、クリフォード殿下は私たちのことをどう説明したのだろうか。

殿下は驚きながらも、なんとか冷静になってくれた。

「そ、それはいったん、置いておこうか。……ノネット、よく来てくれたね」

「えっと、その……本当に、私はここへ来て、良かったのでしょうか？」

クリフォード殿下は、本当に私を歓迎してくれた。

あの時の言葉は冗談なんかじゃないと信じていたけど、声が震える。

目頭が熱くなるのを自覚した時――突然、ふわりと体が温かいものに包まれた。

「殿下⁉」

「彼女は……、彼女たちは僕の大切な客人だ。さあ、部屋に案内しよう」

温かい感触が消えて、呆然とした私は、ようやく自分がクリフォード殿下に抱きしめられたのだと理解した。

ヒルキス王国で受けた仕打ちの後でこんな風に優しくされたら、どうしていいかわからない。

兵士たちもさすがに驚いたのか、ざわざわとしていたけど、クリフォード殿下は有無を言わせない態度で私たちを城内へ案内した。

私とダリオンは、クリフォード殿下の後ろをついていった。

案内された部屋は広く、ダリオンが神獣の姿に戻っても大丈夫そうだった。

同行していた兵士が去って、クリフォード殿下が椅子を勧めてくれる。

「誰も入るなと言ってあるから、ダリオンは元の姿に戻って大丈夫だよ。僕はいろいろと話を通してくるから、少し待っていてほしい」

私が椅子に座ると、クリフォード殿下は部屋から出ていった。

早速、ダリオンは神獣の姿に戻る。

『部屋にあった鏡で人の姿の我を確認できたが……尻尾がないのには慣れん』

「尻尾は大事だもんね。体に違和感はない？」

『奇妙な感覚だったが、大丈夫そうだ。我としては、やはりこの姿のほうがいいが』

ダリオンはほっとしたようで、私も安心して毛並みを撫でる。

ダリオンのもふもふした毛並みを撫でていると心が落ち着くけれど、ダリオンのほうも私に撫でられると安心するみたいだ。

気分が落ち着いてくると、ダリオンが言う。

『クリフォードは、やはり信頼できる男のようだ』

「さっきは、ちょっとびっくりしたけどね……でも、あんな風に誰かに優しくされたのなんて、初めてかも」

どうやらダリオンは、またクリフォード殿下の感情を読み取っていたようだ。

そんなことを話しながら椅子に座って休んでいると、部屋の扉がノックされた。

「おまたせ。話を済ませてきたけど……。本当に、ダリオンだったんだね」

部屋に入ってきたクリフォード殿下が、私の隣に座るダリオンを見て、呆気に取られている。

実際に神獣の姿を見ると、言葉で聞く以上に驚いたのだろう。

『なにか問題があるのなら……いや、ノネットに通訳させるのは面倒だな』

そう言って、ダリオンは再び人の姿に変化した。

「これで普通に話せる。もし我がいることに問題があるのなら、ノネットだけでもこの国にいさせてほしい」

そう言ってダリオンが深く頭を下げるけど、私は戸惑う。

——ダリオンと離れたくない。

もしハーチス王国がダリオンを拒《こば》むのなら……クリフォード殿下には悪いけど、私はダリオンと一緒にここを出よう。

そう決意する私をよそに、殿下は真剣な表情で言った。

「そんなことをすればノネットが悲しむ。決めるのは君たちだけど、僕は二人とも、この国にいてほしいと思っているよ」

「……いいのか？」

ダリオンはクリフォード殿下の発言に目を見開いた。

「僕はノネットが困ることをするつもりはない。しばらくの間、この部屋以外では人の姿でいてもらわないといけないのだけど、さっきも言ったように、話は通してきたから」

クリフォード殿下の顔に少し疲れが浮かんでいる辺り、短時間ではあってもあちこち奔走《ほんそう》したのだろうということがよくわかる。

「感謝する。しかし、しばらくの間とは、どういうことだ？」

「神獣ダリオンが、ハーチス王国の……それも城にいると知れるのは、少しまずくてね。まだ詳しいことはわかっていないのだけど……ヒルキス王国が、どうもきな臭いみたいなんだ」

ヒルキス王国——イグドラによるモンスターの召喚のことを知っている私たちにとって、それは十分に心当たりのある話だった。

「ヒルキス王国について、クリフォードはどこまで知っている？」

「えっ？　どこまでって――」

クリフォード殿下が困惑した声を漏《も》らし、私はダリオンの意図を察した。

ヒルキス王国に強力なモンスターが出現するようになったこと、ダリオンの聖域のおかげで安全にモンスター狩りができていたことは、ある程度知れ渡っている。

けれど、モンスターの召喚が人為的なものであること……魔法研究機関イグドラが関わっているらしいということは、私とダリオンも今日知ったばかりの話だ。

特にイグドラについては、まだなにもわからない中で不用意に話して、巻き込んでしまってはいけない――そういうことなのだろう。

私も同じ気持ちで尋ねることにした。

「クリフォード殿下、それは、最近ヒルキス王国に強力なモンスターが現れるようになっている件でしょうか？」

イグドラのことは伏せて、まずはクリフォード殿下が知っていてもおかしくなさそうな情報を出して様子を窺《うかが》う。

「いや、そのこととはまた別なんだ。ヒルキス王国の第二王子ルゼアの行動が、どうも気になってね」

「ルゼア王子、ですか？」

「奴か……」

意外な名前が出てきたと、私は思わず首をかしげた。

けれどダリオンのほうは心当たりがあるようで、神妙な面持ちで考えている。

ベルナルドの弟――ヒルキス王国の第二王子ルゼア。

ルゼアは、私と同じくらいの背丈で、女の子のように小柄な美少年だった。

ベルナルドと同じ金色の髪を、長く伸ばして後ろで結んでいる。

ベルナルドや貴族たちと違って人を見下さず、穏やかな少年という印象だったけど、ヒルキス王国では『神童』と呼ばれていた。

私は数回しか会ったことがないけど、以前ダリオンも「王宮の中で最も強く、危険な人物」と警戒していた。

そのルゼアが、一体なにをしようとしているのだろうか？

「そうだね……まず、ルゼア王子について、二人はどう思う？」

「あれは危険だ。王宮の者たちはノネットを見下していたが、それ以上の負の感情は感じなかった。だがルゼアは明確な殺意をノネットに向けていた」

「ッ⁉」

その話は初耳だ。

王家の人間や貴族たちに蔑《さげす》まれるのには慣れていたけれど、彼らが殺意を向けてくることはなかった。

「私は話をしたこともなく、たまに顔を見る程度でしたけど……冷たい目をしていたのは、覚えています」

ベルナルドの鋭く見下すような目ではなく、ルゼアはどこか虚《うつ》ろな瞳で私を眺めていた。

けれど、私に興味があったようには見えなかった。

「そのルゼアがどうした？」

「えっと……それが、君たちにも関わる話なんだ」

クリフォード殿下は、私たち二人を交互に見て、話し始めた。

「ヒルキス王国が神獣の力で急激な発展を遂げていることは当然知っていると思うけど、その裏で、ルゼアが暗躍していたようでね」

「暗躍、ですか？」

「ああ。実は、ベルナルド王子が神獣の力で国は安泰だ、なんて自慢していた時に、自分の婚約者リーシェをダリオンの主に挿《す》げ替えるつもりだということも言っていたんだ。だけどその計画は、ルゼア王子が進言したことらしい」

ベルナルドはそんなことまで吹聴《ふいちょう》していたのか。どこまでも考えなしだ。

とはいえ、平民を見下すヒルキス王家なら当然の判断だと思っていたけど、それを主導したのがルゼアだったとは。

「それは、ただ王家の権力を強めようと考えただけなんじゃありませんか？」

「ルゼア王子は神童と呼ばれるほど聡明だ。リーシェ嬢をダリオンの主にしようとして、うまくいくと本気で考えていたとは思えない。仮にそうだったとしても、失敗した時の想定くらいしているはずだ。……ルゼアは、こうしてノネットとダリオンがヒルキス王国を出ることを望んでいたんじゃないだろうか」

「我がノネットを追い、国外に出ることが望みだったということか」

「ダリオンの聖域によって、ヒルキス王国は平和だった。そんな中、いきなり聖域がなくなったら大変なことになる」

私とダリオンは、神獣がいなくてもモンスターに対処する手段を、イグドラが持っているのではないかと推測していた。

けれどまだ憶測にすぎない。ダリオンがやんわりと説明する。

「ベルナルドも似たようなことを言っていたが、奴はどこか余裕があった。聖域を失った場合の対策があるはずだ」

「そう、なのかな……だとしても、ルゼア王子の行動は異様だ。もし本当に対処法があったとしても、神獣を追い出そうとするなんて、ヒルキス王国を滅ぼそうとしているのでもなければ理解できない」

「ルゼアは、そこまで危険な人なのですか？」

私は詳しく知らないし、ダリオンも警戒してはいるけど、人となりまでは知らないはずだ。

「ルゼア王子は神童と呼ばれていて、彼こそ次期国王と推す声もあったのだけれど、王にはならないと自分から宣言したんだ」

「……我はルゼアと顔を合わせたことがある。奴は、ノネットを上回る魔力を宿していた」

「そんなに？」

「ああ。ノネットを不安にさせないよう黙っていたが、ルゼアの強さは異質だ。我でも敵うかどうか……」

ダリオンがそこまで言うなんて、よっぽどのことだ。

そんな力があるのに、どうして王になろうとしないのだろうか。

「彼の得体の知れなさは、各国王家も不気味に思っていてね。ルゼア王子なら、自分の国を滅ぼそうと考えたとしてもおかしくはない」

「さすがに、それは飛躍しすぎなのではありませんか？」

ダリオンすら敵うかどうかと聞いて驚いたけど、さすがに自分の国を滅ぼすとは思えない。

それでもその結論に至るだけの理由があるのかと思って尋ねると、クリフォード殿下はうなずく。

「……ルゼア王子は、国の重鎮である貴族が問題を起こした時、『無能は不要だ』とその場で剣を抜き、手にかけたことがある」

「えぇっ……」

「それは我でも異常だとわかる。王子だとしても、許されることではないだろう」

「それでもルゼア王子は罪に問われなかった。王家の人間だからというのもあるだろうけど、なにより危険すぎて手がつけられないのだろう。他国の人間の間でも、彼には関わるべきではないと言われている」

そのルゼアが、私を国外追放するように提案した——

それは本当に、聖域を消して国を滅ぼすためなのだろうか？　それとも、常人には計り知れない目的があるのか……

ヒルキス王国が滅びようと私には関係ないとは思ったが、ルゼアという得体のしれない人間の計画に自分が組み込まれているのかもしれないと思うと、恐ろしかった。

すると、クリフォード殿下が場の空気を変えるように明るく言った。

「そういうわけで、神獣ダリオンとその主ノネットが逃げ込んだ先がこのハーチス王国だと知れると、危険があるかもしれないんだ。だから少し窮屈《きゅうくつ》だけど、外では、ダリオンには人の姿でいてもらいたい。代わりに、この部屋は好きに使ってくれていいよ」

「ここまで豪華な部屋に、私たちを泊めてくださるのですか？」

「部屋の中では人の姿にならなくていいのはありがたいが、大丈夫なのか？」

この部屋は広く、家具もそろっていて、さらにいくつも部屋がある。

魔道具でいつでもお湯が沸かせるお風呂もあるから、ダリオンが人の姿で城をうろつく必要はない。

この部屋で暮らせるなら嬉しいけど……別の部分が不安になってくる。

私とダリオンが顔を見合わせていると、クリフォード殿下が笑って言ってくれた。

「ああ。王家の人間や城の者は僕が説得しておいたから、問題ない」

「……魔法が使えない私は、ここにいても迷惑をかけるだけです」

不安になった私は、本音を口にする。

ただクリフォード殿下と会いたい一心でここまで来たけど、実際この城でお世話になることが決まると、本当にそれでいいのかとも思う。

そんな私をクリフォード殿下は見つめる。……その瞳は、どこか寂しそうに見えた。

「魔法が使えないとか、迷惑とか、そんなこと考えなくていいんだよ」

「そ、そうでしょうか？」

「僕がノネットのために、そうしたいんだ。それだけじゃダメかい？」

クリフォード殿下の金色の瞳から目が離せない。

――殿下はどうして、そこまで私に良くしてくれるのですか？

尋ねようとしたけれど、声に出すことができなかった。

その理由を知りたいけど、知るのが怖い。

クリフォード殿下が悪いことを考えてないことはわかるのに――不安になって、口が固まって動かなかった。

「ノネット、大丈夫？」

「はっ、はい！　私は大丈夫です！」

反射的に大声を出してしまい、結局なにも聞けなかった。

そんな私を見て、ダリオンが呟く。

「……ヒルキス王国の動向次第では、我の力を貸そう」

「ありがとう。それはダリオンの判断に任せるよ」

「ああ。これからよろしく頼む」

動揺していると、ダリオンがクリフォード殿下に頭を下げる。

その姿を見て、私も頭を下げてお礼を伝えた。

「クリフォード殿下、ありがとうございます。そして、これからよろしくお願いいたします」

「うん、末永くよろしくね」

そうして――私とダリオンの、新しい生活が始まった。


私たちがヒルキス王国を出て一週間が経って――私とダリオンは、ハーチス王国の城で暮らしている。

どうやら私たちは、「ヒルキス王国からやってきた神獣とその主」としてではなく、「昔クリフォード殿下の命を救った冒険者の仲間」として紹介されたようだ。

国王や宰相といった国の上層部の人にだけは私たちの正体が伝わっているようで、そのおかげで歓迎してもらっている。

神獣の力は、クリフォード殿下はダリオンに任せると言ってくれたけれど、国王には国民を守るためにできれば使ってほしいと頼まれた。

断る理由はないので、ダリオンは歓迎のお礼としてハーチス王国に結界を張り、聖域を作ろうと考えているようだ。

ここに来て良かったと、心から思う。

そんな中、クリフォード殿下が私たちの部屋を訪れた。

ダリオンは部屋の中では基本的に神獣姿に戻っているけど、部屋から出る時やクリフォード殿下と会話する時は人の姿に変わる。

話すことがなければ神獣のままでのんびりしているけど、今日は人の姿だ。

「二人がこの城に来て一週間だね。あー……、ノネットとダリオンは、もう慣れただろうか？」

クリフォード殿下がどこか気まずい様子なのが、私は気になった。

「皆さん良くしてくれますし、前よりすごく快適です。あの……殿下、なにかありましたか？」

「いや、その……ダリオンの機嫌が悪いように見えてね。なにか問題があったんじゃないかと心配だったんだけど――」

「すまない。だが気にしないでくれ。さすがに、事情を知らない者の中には我やノネットを警戒している者がいるから気になっていてな。だが、彼らからすれば得体のしれない二人組なのだから、当然だ」

「そうか……」

ダリオンがピリピリしている理由はわかったみたいだけど、それでも殿下は不安げだ。他にも、なにか心配事があるのだろうか？

私たちは、クリフォード殿下にすごく感謝している。

寄る辺のない私たちを歓迎して、この城で快適に過ごさせてくれた。

なにより、私の力になりたいと言ってくれたのだ。

それなら私だって、クリフォード殿下の力になりたい。

「あの、なにかお手伝いできることはありませんか？」

「えっ？　いや、大丈夫だ」

そう言われると、気持ちが沈んでいく。

確かに、私にできることは、テイマースキルでダリオンを神獣にした今、なにもない……

クリフォード殿下は、そんなことで人を判断する人ではないとわかっていても、ヒルキス王国で言われ続けた「スキル以外取り柄がない」とか「役立たず」といった言葉が、今も私に突き刺さる。

「……僕がノネットをこの国に招待したのは、君の力になりたかったからなんだ」

「えっ？」

どうやら不安が顔に出ていたようで、クリフォード殿下は私と目を合わせながら言う。

輝く金色の瞳が、真剣に語りかけた。

「君は誰かのために動ける心優しい人だ。それは、周囲から蔑《さげす》まれても変わらない。ノネットが自分を卑下《ひげ》する理由はどこにもない」

心優しい人――それは、クリフォード殿下にこそふさわしい言葉に思えた。

私のことをそう言ってくれるのは、嬉しい。

前に、殿下が私に抱く感情についてダリオンに聞いてみたけど、よくわからないと言っていた。

それはすごく気になるけど、今は殿下が抱えている不安のほうが気になる。

そのことを尋ねようとした時、クリフォード殿下が話を切り出した。

「このことは、君たちにも教えたほうがいいだろうね……。この一週間で、隣国のヒルキス王国からの移民が急激に増えているんだ」

私たちが国を出てまだ一週間しか経っていないのに、もうそんな大事になっているのだろうか。

「それは、やっぱり……」

「神獣の力がなくなったからだろうとは思う……ただ、国の対応が悪いのも、大きな要因だと思うよ」

クリフォード殿下は、私たちが気に病まないよう、気を遣ってくれているのだ。

「ここ半年くらいの間、ヒルキス王国に、強力なモンスターが増えたのは知っての通りだ。今までは聖域の力で被害が出ないようになっていたし、そもそもその事実を知るのは、王家や貴族といった国の重鎮たちと、冒険者や商人のように耳ざとい者たちくらいだった。けれど被害が目に見えるようになって、民たちも危険だと気づいたみたいだね」

「ベルナルドは、なにもしていないのか」

魔法研究機関イグドラがなにかしらの手段を使い、ヒルキス王国に強力で凶暴なモンスターを召喚している。

聖域の力がなくとも、問題はないとベルナルドは考えているようだった――とダリオンは推測していたが、移民が急激に増えているという事実を思うと、対策らしい対策をしているとは思えない。

先日聞いた、第二王子ルゼアがあえて私とダリオンを国から追い出し、ヒルキス王国を滅ぼそうとしているのではないか、という話……それがじわじわと信憑性を帯びてくる。

あの国がどうなろうと、私にはもう関係のないことだ。

そう思うけれど――隣国であるハーチス王国が、巻き込まれる可能性を考慮する。

「あの、このままだと、周辺の国にも影響があるのではありませんか？」

「それは僕たちも考えている。今のところ問題はないけれど、いつ強力なモンスターが流れてきてもおかしくない。……そうなればヒルキス王国はどこからも助けを得られず、滅びの道を辿るだろうね」

そうなったら、クリフォード殿下の言うとおり、モンスターが流れてくるかもしれない。

「この国は我がいるから大丈夫だが、他国からすればいい迷惑だな」

「だけど他国だからと放っておくわけにはいかない。もしヒルキス王国以外にも被害が及ぶようなことになれば、原因を叩くことになる。ダリオン……君が良ければだけど、その時は力になってほしい」

「原因、ですか」

「ああ。あれだけのモンスターを呼び寄せるのは、特殊な魔道具でなければ不可能だ」

魔道具はその名の通り魔法をかけられた道具だ。モンスターから得られる素材か魔鉱石などを材料に作られる。魔力を込めることで様々なことができるものだ。

強力なモンスターを召喚するには、それだけ強い力が必要になる。それがこの半年間続いているのであれば、高度な魔法を常に継続して使っているはず。

それを実現するためには、一人が魔法を使い続けているのではなく、魔力を込めるだけで誰でも稼働させられる、魔道具が使われているはずだという。

「今のヒルキス王国ではリザードウォリアーなどの強力なモンスターが出没してあちこちで被害が出ているようだ。周辺の国も、巻き込まれる前に原因を突き止めるべく動いている」

どうやらクリフォード殿下は、ここ一週間でかなり調べてくれたようだ。

こうなれば、私も知っていることを話しておくべきだろう。

「イグドラ……」

「え？」

クリフォード殿下が、不思議そうに目を瞬かせる。

「国を出る時に聞かされたんです。ヒルキス王国と協力関係にある、魔法研究機関イグドラが、非道な人体実験を行ってる、って……そしてモンスターの召喚も、イグドラの手によるものだと」

「イグドラ、か……その名前は僕も聞いたことがある。まさかイグドラが関わっていたなんて……。教えてくれてありがとう、ノネット！　おかげで、糸口がつかめるかもしれない」

クリフォード殿下は、そう言って笑顔を見せた。

「まずはヒルキス王国のどこかにあるはずの魔道具を探し出し、そこから入手経路と作った組織——イグドラを叩く、か。うん、希望が見えてきた」

「我の力が必要であれば、いつでも言ってくれ。この国に住まわせてもらっている恩は返そう」

「……ありがとう」

クリフォード殿下はほっとした様子で、微笑んだ。

その姿に、私も嬉しくなる。

ハーチス王国に危機が迫る可能性があるのなら、食い止めたい。

クリフォード殿下の力になれるなら、私にできることはなんだってしたいと思った。

◇◆◇

ノネットとダリオンが消えて、一週間が経った。

ベルナルドは窓から城門を見下ろして、憤っていた。

「イグドラ行きの馬車がモンスターにやられて、ノネットは行方不明とはな」

馬車と兵士二人の死体を運んできた冒険者は、リザードウォリアーの被害を受けたと説明した。

聖域の力が消えたことでモンスターが凶暴化したのだ。

だが、それよりもノネットが消えてしまったことのほうが重要だ。

冒険者は、他に生存者はいないと言っていた。ベルナルドは不愉快な事態を想像する。

「まさかノネットの奴……魔法を使えるようになったのではないか⁉」

イグドラが欲した、ノネットの膨大な魔力。もし魔法が使えれば優秀な魔法士になれると言われていた。

窮地《きゅうち》に追い込まれて魔法が使えるようになったのなら、リザードウォリアーから逃れることも可能だろう。

「ノネットは間違いなく生きている……クソッ！」

ダリオンはノネットの死をまるで信じていない様子だった。王宮を飛び出した後、再会したのかもしれない。

あのノネットが、モンスターに襲われておきながら命を落とさず生き延びているなど、考えただけで不愉快だ。

すると、怒声が窓のほうから聞こえてきた。

窓を開けると、冒険者たちと衛兵の言い争う声がする。

「中に入れろ！　ここにモンスターを呼び寄せる魔道具があることはわかっているんだぞ！」

「ええい、そんなもの知ったことか！　怪しい者を入れるわけにはいかない！」

何度目だろうか……冒険者たちが、城に乗り込もうとしているのだ。

ベルナルドはうんざりしながら、一人呟く。

「魔道具……魔法研究機関イグドラが、城の地下に設置している、アレか」

ダリオンが去ってすぐ、ベルナルドは最悪の事態になったと父親である国王に報告をした。

すると国王は険しい顔をして、ベルナルドを地下に案内した。

厳重に鍵がかけられた部屋の中には、両手でやっと抱えられるほどの、大きな白いクリスタルがあった。

それは魔結晶と呼ばれる、様々な効力を持つ魔鉱石を組み合わせた魔道具だ。

この魔結晶に特殊な魔法をかけ、強力なモンスターをヒルキス王国に引き寄せているらしい。

これまで聖域の力でなんの被害もなくモンスターを狩り、上質な素材を手に入れていた。

しかし、ダリオンが去った今、モンスターは凶暴化し、民たちも危険に気づき始めた。

その結果が、あの騒動だ。

だが冒険者たちは知らないのだ、一度設置した魔結晶は、その場から動かすことはできないのだと。

「父上は、そのことを知って魔結晶の設置には反対していた」

魔結晶の設置は、驚くべきことに、国王のあずかり知らぬところで行われたのだという。

そのことを知った国王は怒り狂ったが、神獣がいれば問題ないと、そしてたとえ聖域の加護がなくとも対処する方法はある、と説き伏せられ、しぶしぶ納得した。

だが、いまだにイグドラがその対処とやらをする様子がないことから、その場しのぎの嘘だったのだろう。

魔結晶が設置される前、国王はイグドラの動きを常に監視していたという。

そうなると――王宮内部の誰かが、厳重に鍵がかけられた地下室に侵入して、魔結晶を設置したことになる。

魔結晶は大地の魔力を取り込んで動き、常に稼働し続けるよう魔法がかけられていて、止めることはできない。

設置には高度な魔力操作技術が必要であり、なにも知らない兵士では不可能だ。

だから王宮内にイグドラの協力者がいるはずなのに、特定できていない。

ベルナルドは不機嫌な表情で、抗議を続ける冒険者たちを窓から眺める。

今はまだ確固たる証拠がないから、冒険者ギルドは本腰を入れて行動できないようだ。

それでも、強力なモンスターが大量発生している状況と、それがヒルキス王国の王都を中心としていること、しかし王都の付近にだけは被害がないことから、王宮にその原因があるのではと冒険者たちは推測したらしい。

本当に魔結晶があるとわかれば、冒険者ギルドが総力を結集して破壊に乗り出すだろう。

魔結晶の力は強すぎるものだ。そのため、世界中で使用が禁止されている。

もし魔結晶を利用する者がいれば、世界平和という大義名分で冒険者ギルドが動けるのだ。

魔結晶の存在が知られれば、ヒルキス王国は終わりだ。

そして——それは、一瞬の出来事だった。

城門に、小柄な少年が近づく。

冒険者たちが反応する前に少年は動いた。初動の差が絶対的だった。

少年の長い金髪が揺れたと同時に、冒険者たちはあっけなく倒れた。

始末した者たちを、腰を抜かしている兵士たちに任せて、少年がベルナルドのほうを見上げる。

「ルゼア……やりすぎだ」

今現在、ベルナルドを含む王宮の人間が頭を抱えていることは二つある。

ひとつは、魔結晶の力を失わせる方法がわからないこと。

そしてもうひとつは——過剰な対応をする第二王子、ベルナルドの弟ルゼア・ヒルキスだ。

ベルナルドと間違われないようにと髪を伸ばして、戦いの邪魔にならないよう結んでいる。

彼の行いを知らなければ、穏やかそうな少年だ。

ルゼアは小柄ながら、才能に溢れた自慢の弟で……ベルナルドにとって最も都合が良かったのは、彼が国王になろうとしなかった点にあった。

幼い頃、ルゼアが自らよりもよっぽど優れていることを見抜き、ベルナルドは「ルゼアよ、お前は王になるな。才能に恵まれたお前には、王になった俺のそばで、一生俺を支え続けてほしい」と、頼んだ。

弟のほうがよほど王にふさわしいと、ベルナルドにはわかっていたのだ。

ルゼアはその頼みに、嬉しそうにうなずいた。

そして――なにを考えているのかいまだにわからない弟ルゼアが部屋の扉を開けて、ベルナルドの前にやってくる。

ルゼアは満面の笑みで、ベルナルドに進言した。

「兄様。兄様が目障りに思っていた愚か者どもを、切り伏せてまいりました」

人を殺してきたというのに、ルゼアは明らかに嬉しそうだ。

普段は表情を変えないのに、ベルナルドの前でだけは別人のように明るくなる。

冒険者たちの命を奪ってすぐにここへ来て、嬉々として報告するルゼアに、ベルナルドは恐れを感じていた。

今まではルゼアを褒めるばかりだったが、今回はさすがに言わなければならない。

「ルゼアよ。冒険者たちが依頼を受けてモンスターを倒すことで、国民は守られている。最近のお前の行動はやりすぎだ」

「彼らをただ帰せば、つけ上がってさらに戦力を増やして調査に来るでしょう。こうして立場をわからせて、手出しさせないようにするのが最善です」

ルゼアの言葉に、ベルナルドは今までの出来事を思い返した。


――ノネットとダリオンが消えて三日後、冒険者たちが乗り込んできた。

この城にモンスターが凶暴化した原因があり、どこかに魔結晶があるはずだと言ってきたのだ。

どうやら以前から警戒していて、被害が出た今、すぐ対処すべきと動き出したようだった。

冒険者は、魔結晶を破壊する方法を説明した。それは国王すら知らないことだった。

魔結晶を無力化する方法は、二つ。

魔結晶を構成する魔鉱石を魔法で順に解体していく方法と、魔法で破壊する方法だ。

魔結晶の解体は、上位の魔法士が数人がかりで数ヶ月かけてやっとできるものだが、それだけの技術と知識を持った魔法士は、そういない。

破壊すること自体は難しくはないが、破壊すれば、大地の魔力を宿した魔結晶が暴走し、魔力爆発が起こる。

その威力は、城は当然として、周辺まで更地になるほどらしい。

イグドラの使者や王宮魔法士に確認すると、それは真実のようだった。

魔結晶を破壊した場合の被害は甚大だ。

冒険者経由でそのことを知って国を捨てる貴族たちが現れ、釣られて国を出る民も増えているという。

このままでは、魔結晶のことが他国に知られ、助けを求めても聞いてもらえなくなってしまう。

情報の拡散を抑えるために、ルゼアは城へ調査に来た冒険者たちを全て仕留めていた。

しかし冒険者が何人も消息不明になれば、ヒルキス王国への疑いが強くなる。

どちらへ転んでも、絶望的な状況だった。

――今までの出来事を思い返し、ベルナルドはルゼアの前で嘆く。

「なぜ……どうして、こんなことに……」

ダリオンに言った「国が滅ぶ」とは、虚言のつもりだった。

それが今、現実のものとして迫ってくるとは。

ノネットを追い出し、その結果ダリオンも消えてしまった。

これが、奴を平民と見下した末路なのか――騎士や冒険者にノネットたちの捜索を命令するべきだとわかってはいるが、今はモンスターから国を守るだけで精一杯だ。

このままでは、ヒルキス王国が終わる。

危機感を抱いたベルナルドは頭を抱えながら、賭けに出ようと決意した。

「ルゼア。頼みがある」

冒険者を余裕で仕留めるルゼアには、実力がある。それをこのまま放置しておけば、冒険者が協力してくれず国の損害が増える。

それなら、ノネットとダリオンの捜索を頼むべきだ。

神童とまで呼ばれたルゼアなら、ノネットを捕らえて人質にし、ダリオンをヒルキス王国に連れ戻すことも可能だろう。

ダリオンさえ戻れば全て解決する。ベルナルドは確信していた。

「兄様、なんですか？」

ルゼアは楽しそうに兄の顔を見つめる。

その無邪気さに恐怖を覚えつつも、ベルナルドはルゼアに告げた。

「ノネットは生きている。神獣ダリオンと共に、どこかへ潜伏しているはずだ。説得……無理なら誘拐してでも、神獣ダリオンを連れ戻してくれ」

冒険者になれば間違いなく世界最強になれるほど才能に溢れたルゼアなら、きっとこの命令を聞いてくれるはず。

そう考えていたのに――ルゼアは、淡々と告げる。

「――敬愛する兄様の頼みですが、お断りします」

「はぁっ？」

今まで兄の頼みを全て聞いていたルゼアが、初めて拒《こば》んだ。

そのことにベルナルドが驚いていると、ルゼアは信じられないことを口にする。

「婚約者は許しますが、兄様があんな平民の女に意識を割《さ》く必要性はありません。だから、僕はノネットを追い出したのです」

「なんだと？」

——ルゼアが、ノネットを追い出した？

あの時王宮にいなかったルゼアが、なにを言っているのだろうか。

ノネットを国外追放したのは間違いなくベルナルドなのに、ルゼアは自信に満ちた顔をしている。

眉根を寄せて弟を見ていると、ルゼアはふふっと笑った。それが堪らなく不気味だった。

「どういうことだ？　ノネットを追い払ったのは、間違いなく俺だ！」

「そこは間違いありませんけど、そう誘導したのは僕です。兄様は、『神獣の主が平民では示しがつかない』と父上に言われたでしょう？　それでリーシェを神獣の主にすればいいと思ったんですよね。父上に進言した甲斐がありました。ちなみに、リーシェを『神獣の主になれば、神獣を育てた聖女として崇められますよ』と焚《た》きつけたのも僕です。みんな簡単に動くから退屈でした」

——誘導した。

当然のように口にするルゼアに、ベルナルドは背筋が寒くなった。

ルゼアはどうやらベルナルドと話をしているだけで楽しいようで、嬉々とした表情を浮かべている。

「神獣の持つ力のすごさを知り、主をリーシェにするべきという父上や貴族たちの提案、魔法研究機関イグドラから受け取った魔結晶の設置……兄様が不可解に思っていることは、全て僕がやりました」

どうやらルゼアは、ベルナルドの知らないところで暗躍していたらしい。

ルゼアの発言で一番驚いたのは、あの魔結晶を設置したという点だ。

全ての元凶がルゼアだと知り、ベルナルドは取り乱す。

「お前、正気か⁉」

「兄様が心配してくださる……やはり兄様は、世界で誰よりも僕のことを考えてくれる……」

「なっ、なにを言っている⁉」

「事実ですよ。兄様に想われ、兄様を想う僕は世界一の幸せ者です」

怒鳴られたというのに嬉しそうなルゼアを見て、ベルナルドはなにも言えなくなった。

唇をわななかせていると、ルゼアは対照的な笑顔で語り出した。

「兄様はいつかおっしゃいましたよね。『才能に恵まれたお前は、王になった俺のそばで、一生俺を支え続けてほしい』と」

――あれが、原因か。

自分と比べて優秀すぎるルゼアが国王にならないよう釘を刺したつもりだった。そしてルゼアの気が変わらないよう、ベルナルドは極力弟に優しく接した。

ルゼアの持つ力はあまりにも異質で、孤立していたから、話し相手になったり、悩みを尋ねたりして、優しい兄として振る舞ってきたのだ。

それは全て、ルゼアを手駒にしたかったからだ。

だがその結果、ルゼアは兄ベルナルドに忠誠を通り越した、執着を抱いてしまったのだろう。

その結果が今の状況を作り出したのだ。

「お、お前はこれから、どうするつもりだ⁉」

ルゼアがベルナルドを心の底から慕っているのなら、問題はここからだ。

魔結晶を設置できるほどイグドラと深く関わっているのなら、対処法も知っているはず。

この状況をどうにかする方法があるのか、ベルナルドが期待を込めてルゼアに尋ねる。

イグドラが言っていた対処法も、ルゼア絡みに違いない。

そしてベルナルドは——ルゼアの答えに、震えあがった。

「今はなにもしませんよ。兄様が僕を頼るしかない状況が作れた時点で、目的は果たしています」

「はっ……？」

「僕は兄様のそばにいて、兄様は僕がそばにいなければ生きていけない——夢のようです。最期の時まで、僕たちは一緒ですよ」

「そ、それが目的で、こんな状況を作ったというのか⁉」

「はい。これから僕は兄様にとって最高の環境を作りますから、兄様はなにも心配する必要はありません」

「どういう意味だ⁉」

「目的は果たしましたから、これからは兄様にご安心いただくだけです」

その発言を聞いて、取り乱していたベルナルドはようやく落ち着きを取り戻した。

弟ルゼアが抱いていた感情は、ベルナルドにとって想定外だった。

それでも神童と呼ばれたルゼアが心配する必要はないと言うのだから、大丈夫に決まっている。

ベルナルドは自分に言い聞かせる。
ルゼアの大きな瞳が不気味に輝き、ベルナルドを見つめていた。

第二章　新しい生活

城での生活は、ハーチス王国よりも快適だけど、気になることがあった。

「あの、殿下……毎日部屋に来てくれますけど、大丈夫なんでしょうか？」

それは、クリフォード殿下が毎日のように遊びに来てくれることだ。

第三王子という立場がどれだけのものかわからず尋ねると、クリフォード殿下が微笑む。

「大丈夫。僕は兄上と違って王位につくことはないから、身軽なんだ。それに、神獣について話したら、そばにいたほうがいいってさ」

「そうだったのですか」

『クリフォードのノネットに対する感情は心地好い。利用しようという気持ちがないからな』

ダリオンの言葉が嬉しくて、自然と頬が緩む。

「ノネットとダリオンは、ずっと室内か庭を歩いているだけだけど、街へ出たいとか思わないのかい？」

「えっ？　行っていいんですか？」

「……えっ？」

私の返答に、クリフォード殿下が唖然としている。

ヒルキス王国では王宮の外に出してもらえなかった私としては、そんなこと考えもしなかった。

『外に出てもいいのか⁉』

床に寝そべっていたダリオンが起き上がり、尻尾を振って興奮したように尋ねる。

言葉の意味はわからないはずだけど、行動からなにを言わんとしているのか殿下は理解した様子だ。

「もちろん！　ヒルキス王国に知られるわけにはいかないから、ダリオンは人の姿でいてもらわないといけないけど……」

『ああ。問題ない』

「あの、私たちはなにも持たずに来たので、その……」

「お金なら気にしなくていいよ。僕は一応王子だから、とんでもなく高価なものでなければ大丈夫」

『その言葉に嘘はないな。すぐに行こう！』

ダリオンは嬉しそうにしているけど、私はためらってしまう。

お世話になっている身で、そこまでしてもらっていいのだろうか。

不安に思っていると、クリフォード殿下が言った。

「ノネットは、欲がなさすぎる」

「平民としては、割と普通ではないかと思いますけど――」

「君はもっと、自分のために生きていいんじゃないかな」

クリフォード殿下がそう言ってくれて、心が温かくなる。

誰かに従って生きるものだと思っていた私は、ダリオンと会って変われたと思っていた。

だけど、もっと望んでいいんだろうか。

「そうですね――私は、ダリオンと、クリフォード殿下と一緒に、街へ行きたいです！」


私と人の姿になったダリオンとクリフォード殿下は、城を出て街を巡っていた。

今まで城内をよく散歩していたこともあって、ダリオンはすっかり人の姿に慣れたみたいだ。

街並みは賑《にぎ》わっていて、ダリオンが興奮した様子で話す。

「ノネットから話を聞いた時から、我は街を探索したいと思っていた」

「ヒルキス王国では逃げられないようにか、城の外に出る許可はもらえなくて」

ヒルキス王国にいた頃、ダリオンが街に興味を持って、連れていってあげられないかと訴えたことがある。そうしたら、神獣と逃げるつもりじゃないかと言われて、さらに評判が悪くなってしまった。

『街へ出たいなど言うべきではなかった』とダリオンが悲しい顔をして以来、街へ出るという考えは捨ててしまったのだ。

だから、クリフォード殿下が提案してくれたことは、本当に嬉しかった。

「それはつらかっただろうね……。ダリオンは、行ってみたい場所はあるかい？」

「我と似たような動物を、冒険者の仲間として販売している場所があるのだろう。そこを見てみたいものだ」

それを聞いた私とクリフォード殿下は硬直する。

動物が売られていることに、やはりダリオンとしては思うところがあるのだろうか？

実験動物だったという過去もあるし、街へ出て真っ先に行きたい場所としては予想外すぎて気になった。

「ダリオン。どうして、そこに行きたいと思ったの？」

「動物と遊ぶための魔道具が売られていると聞いたことがある。我はそれでノネットやクリフォードと遊びたいのだ」

「そんなものが売られているのね。それにしてもダリオン、その見た目でその発言はだいぶ意外よ」

「ははっ。確かにそうだ。行ってみよう」

そう言って私たちは店に向かった。店にいたのは戦闘向きの動物だけあって、皆強そうだった。

それでもダリオンほど大きい動物はいない。

ダリオンは様々な魔道具の説明を受けていたけど、なにを買うべきか悩んでいる様子だ。

「ダリオン、欲しいものはあった？」

「む……庭で遊べそうなものがあるのだが、買ったとしても使えない」

そう言って、苦々しい表情を浮かべるダリオン。

外で魔道具を使って遊ぶには神獣姿にならないといけなくて、だけど今は部屋の中でしか神獣の姿に戻れない。

その姿を見て、クリフォード殿下が申し訳なさそうな表情を浮かべた。

「ヒルキス王国との問題を解決するまでは、我慢してほしい。すまない」

「クリフォード、様が謝ることはありません。ダリオンもそれでいいよね」

「ああ。楽しみができたと考えよう」

私は殿下と言いそうになったのを、とっさに改めた。

その後はダリオンが食べたそうにしていた屋台に行って食事を摂《と》り、夕方には城に戻ることにした。

クリフォード殿下が提案してくれた街巡りは、とても楽しかった。

今日一日のことを思い出しながら、『ノネットは、欲がなさすぎる』という殿下の言葉を反芻《はんすう》する。

(今日は、デートみたいで嬉しかった。また行きたいって、思ってもいいのかな)

その夜、私は……急な熱を出して寝込んでしまった。

楽しすぎた反動がきてしまったのだろうと、この時の私は考えていた。


翌日。昨夜の高熱が嘘のように、体が軽くなっていた。

この感覚には覚えがある。

かつてスキルが発覚した時と似ているのだ。

ふわふわとした感覚に落ち着かないでいると、ダリオンが尋ねてきた。

『ノネット、なにか気になることでもあるのか？』

「そうね、実は……」

私は、ダリオンに事情を説明した。スキルが発覚した日のことと、昨夜の高熱。

そして今、なんとなく体がうずうずして、どうにも落ち着かない気分だ、ということを。

話を聞いたダリオンは、そっと目を閉じた。

『この気配……ノネット、魔法を使えるようになっているぞ』

「それ、ほんと⁉　でも魔法なんて、どう使ったらいいか……」

『我が教えてもいいが、問題は場所だな』

魔法が使えたとしても、この部屋で使って大惨事になったら、追い出されるかもしれない。

『街の外に出てもいいが、魔法は慣れていないとどこに飛ぶかわからないから、危険だ』

「そうだね、急に冒険者が現れて怪我をさせてしまったらいけないし。うーん……。まずは、ご飯にしようか」

『それもそうだな。食事に行くとしよう！』

ダリオンは尻尾を勢いよく振って上機嫌だ。

城の食堂へ行くから人の姿に変化したけど、笑顔が輝いていた。

「ハーチス王国の料理は美味《おい》しいよね。ダリオンの口に合って良かったわ」

「むしろヒルキス王国がひどすぎた。栄養さえ摂《と》れればいいという食事ばかりだったからな。やはり、食事は美味《うま》くあるべきだ！」

力説するダリオンだけど、気持ちはわかる。

私もハーチス王国の料理を初めて食べた時は驚いてしまった。

ダリオンは食べすぎじゃないかと心配になるけど、クリフォード殿下は構わないと言ってくれる。

新しい生活は平和で、幸せなことばかりだった。

もちろん、ヒルキス王国のことは心配だし、ハーチス王国に危機が迫るなら、その時はクリフォード殿下の力になりたいと思うけど、今はまだ焦る必要はない――その考えが変わるのは、この一週間後のことだった。


一週間が経ち、毎日の恒例になったクリフォード殿下の来訪で、私たちはヒルキス王国についての話を聞いた。

「ヒルキス王国を拠点にしていた冒険者たちがハーチス王国にやってきて、報告してくれた。あの国は魔結晶というものを稼働させているらしい」

「魔結晶？」

「聞いたことはないが、おおかたイグドラ絡みだろう」

ダリオンは人の姿で私の隣に座り、殿下の話を聞いている。

魔結晶という耳馴染みのない単語に首をかしげていると、クリフォード殿下が思い悩むように、眉根を寄せた。

「僕も詳しいことはまだ知らないけど、やってきた冒険者が言うには、複数の魔鉱石を組み合わせて、とんでもない力を発揮する魔道具らしい。それを、モンスターの召喚に使っている、と」

前に助けてくれた冒険者のユリウスは、モンスターの召喚について心当たりがあると言っていたけど、それがその魔結晶なのかもしれない。

「魔結晶は危険な魔道具だ。だから世界中で、使用はおろか所持することすら禁止されている。冒険者ギルドはヒルキス王国に魔結晶があると睨《にら》んでいて、隠し場所を調査しているそうだよ」

「世界中で禁止されている魔結晶を稼働させていることが明らかになれば、ヒルキス王国は終わりだな」

「それは間違いないけど……ヒルキス王国の第二王子ルゼアはとてつもない強さと、知略に長けた人物だ。なにもせずにいるとは考えられない」

ダリオンがヒルキス王国で最も警戒していただけあって、第二王子ルゼアはただものではないらしい。

私はダリオンが遠ざけてくれていたこともあって、あまり関わったことがないけど、あの虚《うつ》ろな目はなにを考えているのかわからない不気味さがあった。

もし、ハーチス王国に危機が及ぶなら、私になにかできることはないだろうか。

そんな私の様子を見て、ダリオンはクリフォード殿下に提案した。

「……クリフォードよ。どこか、城の者には知られず魔法が使える場所はないか？」

クリフォード殿下は少し考えながら言う。

「魔法が使える場所か。今は使われていないけど、地下に魔法の研究室がある。そこなら魔法を使っても問題ないはずだ。調べておくよ」

「頼む」

ダリオンは私が魔法を使えるようになっていると言ってくれたけど、この一週間は試す場所がなかった。

けれど、力を得たなら今こそそれを生かす時だ。

数時間後、クリフォード殿下は研究室を使う許可をもらってきてくれて、私たちは、城の地下へ行くことになった。


地下室へ続く階段は暗く、魔力で灯る照明が点々と足下を照らしている。

しばらく歩いた先で、広大な一室——魔法の実験場に到着した。

照明以外はなにもない広場で、壁は厚く、音が室外に漏《も》れることはないそうだ。

「魔法を試す場所だから、相当強力な魔法でない限り壊れない強度もある。ここでいいかな？」

クリフォード殿下には、これから私がしようとしていることを説明しておいた。

殿下は険しい表情だ。

神獣の姿に戻ったダリオンが、クリフォード殿下の質問にうなずいた。

『ああ。……ノネット、まずは初級の魔法から試してみよう』

「初級の魔法ね。その前に、ダリオンはどうして人の姿から神獣に戻ったの？」

地下室に向かっている時まで、ダリオンは人の姿だった。

神獣の姿ではクリフォード殿下と会話ができないから、不思議に思った。

『人の姿で魔法を使うことには慣れていない、魔法の精度が落ちてしまうと思ってな』

「そっか。でも、魔法は手を使うと能力が増すって聞いたことがあるから、慣れれば人の姿のほうが魔法は強くなるかもしれないね」

『確かにそうだな。では先にノネットの魔法を試しつつ、後で我も人の姿での魔法を試してみよう』

そう言って尻尾を振るダリオンは、新しい試みにワクワクしている様子だ。

なぜか先ほどからクリフォード殿下の表情が険しいのが気になったけれど、魔法の説明が始まったのでそちらに集中した。

『魔法を使う時、大切なのは意志の力だ。なんのために、どんな魔法を使いたいのか。目的を明確にイメージできなければ、魔法は発現しない』

ダリオンが尻尾を振りながら話す。私に魔法を教えられるのが嬉しいのかもしれない。

「ノネットは、どんな魔法を使おうと思っているんだい？」

「そうですね。まずはダリオンに魔法の使い方を教わって、どんな魔法が使えるか一通り試してみようと思います」

そう言いながら——私は、自分に魔力があると知った時のことを思い返す。

あの時も似たようなことをさせられたけど、魔法はなにひとつ使えなかった。

テイマーのスキルが発覚した時にもう一度魔法士に教わって、魔法に関する知識はひととおり身につけてたものの、結局才能がないと匙《さじ》を投げられてしまった。

だから、自分には魔法を使うことなんてできやしないと思っていた。

それでも――ハーチス王国を、クリフォード殿下を守るために、魔法を使えるようになりたい。

私はダリオンの指示通りに思考して、イメージに魔力を加えて体の外に出す。

呪文はそれをサポートするもの。

そして――窓のない地下の広場に風が吹いた。まぎれもなく、私自身の魔力で発生した風だった。

「えっ……!?」

『我の一番得意とする風の魔法から始めたが、ノネットは素質がある！』

ダリオンは上機嫌な唸り声を上げて、他の魔法も試すことになった。

その後、火、土、そして木を魔力で作り出すことに成功したけど、魔力を水と金属に変えることはできなかった。

「雷魔法も難しそうだけど、ノネットは回復魔法が使えるんだね」

「そうみたいです。回復魔法は資質のある人しか使えないと聞いていたので、まさか、私が使えるとは思いませんでした」

風、火、土、木、水、雷、金の七種類の属性魔法と、回復魔法のような属性外の特殊魔法。

魔法を使える人はそのうち、属性魔法を二つ使えれば十分らしい。

私は四種類の属性魔法、そして回復と身体強化を可能とする光の特殊魔法が使えるようだ。

膨大な魔力量のおかげか、初級魔法をいくつか使ったくらいではほとんど疲れを感じない。

魔法を練習していくうちに、私は気づく。

「これって、もしかして――」

『ああ。我が使える魔法と同じだな』

私が使える魔法はダリオンと同じだった。これもテイマースキルの影響なのだろうか？

それなら人化の特殊魔法も使えそうだけど、私が使っても意味はないか。

私は全ての魔法の基礎を以前から学んでいたから、ダリオンが使えない魔法を教えられなかったということでもない。

ダリオンの授業とこれまでに教わってきたことに大きな差はなく、変わったことがあるとすれば私自身だと思う。

「こんなに魔法が使えるようになるなんて……クリフォード殿下、どうしました？」

私たちの様子を見つめていたクリフォード殿下がうつむき、難しい顔をしている。

五種類も魔法が使えるのは、人間としては異常なくらいだ。もしかすると、引いてしまったのだろうか。

「ノネット……もしかして、僕が魔結晶のことやルゼア王子のことを話したから、君を焦らせてしまったんじゃないだろうか。そのせいで君が力をつけたいと願ったのなら、そんな必要はないんだ。僕は、君に危険な目に遭ってほしくない」

どうやらクリフォード殿下は、私のことで悩んでいたらしい。

ヒルキス王国にいた頃には考えられないような、殿下の優しさと気遣いが嬉しくて、胸が温かくなった。

「殿下、私は……私はこの国の力になりたいんです」

クリフォード殿下のためと言うことはためらい、ハーチス王国のためと言ってしまった。

クリフォード殿下の、ハーチス王国を守りたい。

魔法を使うのに一番大切なのが、「なんのために魔法を使うか」なら、そのために使いたい。

私が魔法を使えるようになったのは、間違いなく私の意志によるものだ。

「クリフォード殿下。私は今まで魔法が使えませんでした。そのことでずっと悩んで……でも今、ようやく使えるようになって、嬉しいんです」

そうクリフォード殿下に伝えると、それでも殿下は頭を下げる。

「危機感を抱かせてしまったのは事実だ……すまない」

まだ申し訳なさそうな顔をするクリフォード殿下を安堵させたくて、私は言った。

「……ヒルキス王国にいた頃、私はあの王国の力になりたいと考えたことはありませんでした」

テイマーのスキルがあるから、両親に売られたから私はあの王宮にいた。

あの時の私は、流されるまま生きていた。

ダリオンとの出会いで変わることができたけど、それでもヒルキス王国の人たちは私を蔑《さげす》んだままだった。

そんな中――クリフォード殿下だけが、私と対等に接してくれた。

「それは……仕方がないよ。ヒルキス王国でのノネットの扱いは、本当にひどかったと思う」

私はその言葉に、ゆっくりと首を左右に振る。

「確かに、ヒルキス王国ではたくさんひどい目に遭いました。でもそうじゃなくて、この国に来て、たくさん優しくしてもらって、街は賑《にぎ》やかで、食事は美味《おい》しくて。私はハーチス王国が好きになりました。だからそんなハーチス王国の力になりたい。……私がそうしたいんです。それだけじゃダメですか？」

クリフォード殿下は、納得してくれたのか、優しく微笑んだ。

「そうか……ノネット、ありがとう」

謝られるよりも、こうして「ありがとう」と言ってほしかった。

クリフォード殿下は、平民の私にもこうして感謝の言葉を口にする。

そんなクリフォード殿下に、私は心惹かれながら——その想いはきっと届かないということも、理解していた。


様々な魔法を試していると、あっという間に半日が過ぎていた。

魔力にはまだ余裕があるけど、私はダリオンと一緒に部屋へ戻ることにした。

ダリオンのもふもふした毛を優しく撫でながら、今日の出来事を思い返す。

クリフォード殿下は王子で、私は平民——立場が全然違う。

部屋に戻っても、そのことばかり考えてしまう。

そんな私を見て、ダリオンが声をかけてくれた。

『ノネットは、それでいいのか？』

いつも私と話す時は機嫌が良くて尻尾が左右に揺れているのだけど、今はしょぼんと垂れている。

私がクリフォード殿下への想いをなかったことにしようと考えていたのが、ダリオンにはわかったのだろう。

心配してくれるのは嬉しいけど、私はうなずく。

「いいの。私はクリフォード殿下のそばにいられたら、それだけで幸せだから」

『そうか。それなら我はなにも言わない。なにがあっても、我はノネットのそばにいよう』

クリフォード殿下はハーチス王国の王子だ。いつか誰かと婚約する時がきっと来るはず。

もしお相手が「平民が城にいるなんて嫌だ」と言う人なら、私は距離を置くしかない。

それでも、クリフォード殿下のいるハーチス王国には残りたいと願ってしまう。

『我としては、今日はノネットが魔法を使えるようになって良かったと思うぞ』

「ええ。私もようやく魔法が使えて、晴れやかな気分よ」

『ノネットは順調だな。我はまだ人の体に慣れないようだ……体を動かすことは問題ないのだが、やはり尻尾がないのは落ち着かない。体内の魔力の流れが気になってしまってな』

「それなら、尻尾を生やせばいいんじゃないかしら？」

『どうやらそれはできないようだ。我自身、どうして人の姿になれたのか理解できていないから、細かいコントロールはできないのだ』

ダリオンは難しい顔をしているけど、いつか人型に尻尾が生えた姿になることがあれば、見てみたいなと思った。

あれから数日後、今日もまたクリフォード殿下が私とダリオンの部屋にやってきた。

けれど、今日はどこか様子がおかしい。

深刻そうな表情なのが気になっていると、ダリオンが人の姿に変化する。

もうすっかり人の体に慣れたようだ。椅子に座って足を組んだダリオンが尋ねた。

「顔色が悪いな。どうした？」

「……すまない。二人のことは、昔僕の命を救った冒険者の仲間ということにしていただろう？　実はそのせいで、面倒なことになってしまって……」

クリフォード殿下は、なにやら言いあぐねている様子だ。

ダリオンはなにか察したらしく口を開く。

「ふむ……なにがあったかは知らんが、冒険者の力が必要となり、我とノネットが駆り出されることになった、と。そういうことか」

「そうなる……ついに、この国でもヒルキス王国からやってきたモンスターの被害が出たんだ。それで、ノネットとダリオンは冒険者として城に住まわせているのだから、協力させるべきと城の者たちが言い出していて……」

クリフォード殿下は申し訳なさそうだけど、私としては、むしろハーチス王国の力になれるなら望むところだ。

どうやら同じ考えのようで、ダリオンがうなずいた。

「気に病むな。なんの問題もない。それならノネットも同行したほうが良さそうだな。我がついているのだから、魔法を実戦で試すいい機会だと考えればいい」

「そうね。クリフォード殿下、私たちはハーチス王国を守ってみせます」

「僕も行きたいんだけど、止められてしまった……すまない」

クリフォード殿下は深く頭を下げた。

彼はこの国の王子なのだ。

もしかしたら、こうなることを予期していたから、クリフォード殿下は私が魔法を習得するのに気が進まない様子だったのかもしれない。

今のクリフォード殿下になにを言っても、落ち込んだままのような気がする。

私とダリオンが問題なく帰ってくることがクリフォード殿下にとって一番いいことだと、私は確信していた。

「冒険者として招かれているのですから、国が応援を必要とする事態になれば、協力するのは当然のことです」

そう言って、私はクリフォード殿下に笑いかけた。

「ノネットの言うとおりだ。ところで、モンスターは本当に流れてきたのだろうか？」

「それが、もしかすると人為的なものではないかと言われているんだ。ヒルキス王国がモンスターを隣国に誘導することで、自国の被害を防ごうとしているんじゃないか、あるいは……」

そう言って、クリフォード殿下は難しい顔をした。

ヒルキス王国の人間が攻めてきたのなら侵略行為だけど、モンスターなら魔結晶を使っているという証拠がない限り、無関係だと言い張れる。

イグドラが用意したであろう魔結晶の力は、思った以上に厄介だ。

ダリオンは腕を組みながらため息を吐く。

「魔結晶の存在が発覚したら、周辺の国から糾弾されるのは間違いないだろうに……そうせざるをえないほど、窮地《きゅうち》に陥《おちい》っているのかもしれんな」

「そうだろうね。ルゼアにはなにか目的があるのかもしれないけど、どうしようもなくなって自棄《やけ》になっている可能性のほうが高いんじゃないかな」

少しの沈黙のあと、クリフォード殿下が私に尋ねた。

「それより……ノネットも、本当に行く気なのかい？」

「はい。ダリオンが言った通り、魔法を試す機会でもありますから」

「ノネットは魔法を覚えて数日だろう、いきなり実戦なんて危険すぎる」

クリフォード殿下は、私を心配してくれる。

ダリオンにどんな感情か聞かなくても、表情だけでわかってしまった。

「もともと魔力量だけは膨大ですし、ダリオンのお墨つきです！」

あれから地下室で何度も魔法の訓練を重ねて、十分戦える力があるとダリオンは判断してくれた。

神獣のダリオンが問題ないと言うのだから、きっと大丈夫だ。

私の説得で、クリフォード殿下は納得したようだった。

「そうか……。くれぐれも、無理はしないでほしい」

殿下は、向かうべき場所を示した地図を渡してくれた。

印が書かれた場所に被害が出ているみたいだ。私とダリオンは、そこへ向かうことにした。


王都の門を抜けたところで、私はダリオンの背に乗り、草原を駆け抜ける。

ダリオンのもふもふした毛の柔らかさを感じていると、ものすごい速度で景色が移っていく。

それでも気分は悪くならず、むしろ心地好い。ダリオンが風魔法の力を応用しているからだ。

私の体とダリオンの体を魔力の風が包むと、どれだけ速度が出ても問題ないらしい。

目的地へ向かうまで、私は気になっていたことを聞いた。

「ねえダリオン。ハーチス王国にも、聖域を作ることはできないの？」

『城に住むことが決まってから、すでに王都の大地を起点に結界を張ってはいるのだ。だが、効果がヒルキス王国よりも弱い』

「そうだったのね……。それって、大地の魔力量が違うから？」

『それも要因のひとつだろう。聖域はあくまで、その大地に元からある魔力を我の力で活性化させるものだからな。だが、結界を張ってまだ間がないことや、隣国であるヒルキス王国に先日まで聖域があったことも関係しているかもしれない。神獣の力は、我自身よくわからないことが多い』

「ヒルキス王国も最低限しか教えてくれなかったし、仕方ないよ」

結界を張り聖域を作り出す神獣の力は、ダリオンが私と一緒に暮らすようになって一年くらいした頃、使えるようになった。

見えない魔法陣を大地に刻むことで、大地に宿る星の魔力を活性化させて、人々を守る力に変える。

大地の魔力を利用するから、場所によって効果に差があるのだという。

さらに、一度結界を張った場所の近くに別の結界を張ると、結界同士が打ち消しあうらしい。

ヒルキス王国では、王都にだけ聖域を作るよう命令されていた。

それでもヒルキス王国全土に効果があったようだから、ハーチス王国との違いが気になってしまう。

「前より聖域の力が弱いっていうのは気になるけど……それでも、まったく効果がないというわけじゃないんだよね？」

『うむ。今向かっている場所、地図に描かれた地点は微力だが聖域の範囲内だ。それに我が近くにいれば、聖域の力はさらに強まるだろう』

クリフォード殿下から受け取った地図に示された印は三ヶ所——行く順番も記されている。

一番被害が大きい場所を優先してほしいみたいで、私たちは最初の場所に到着した。

平原では冒険者たちや騎士隊が必死になって、モンスターの大群と戦っている。

そこは完全に戦場と化していた。

数の多いゴブリンは巨大な鬼のオークと連携して、隊列を組んでいる。その後ろで、魔法を使うゴブリンが杖を構えていた。

「ゴブリンウィザード。普段は人の住めない辺境で、魔物の集落を作って暮らす知性の高い強力なモンスターね」

『知性が高いので、人の多い場所には寄りつかないはずだが……やはり魔結晶に呼び寄せられたか』

ゴブリンウィザードによって統率されていることもあるが、普段そこまで脅威ではないゴブリンにすら冒険者たちが苦戦しているのを見ると、どうやら普通のモンスターも強くなっているようだ。

想像していたよりも遥かに危険な状況で、魔結晶の力に驚くばかりだった。

『行こう。我も試したいことがある』

ダリオンがそう言って人の姿になり、私たちは翼もないのに空を飛ぶ。風魔法の応用だ。

私とダリオンは、モンスターの大群に向かう。

そして戦闘が始まった。

ダリオンはまず周囲の冒険者や騎士、視認できる限りの人に肉体強化の魔法をかける。

それからモンスターの大群に手をかざし、暴風を巻き起こして蹴散らした。

攻撃の後、ダリオンは自らの手をしげしげと眺めていて、私は思わず尋ねる。

「ダリオン、大丈夫？」

「ああ。地下室で何度か試したが、やはり手があると標的をイメージしやすいな」

最初の頃は人の姿で魔法を使うことに慣れず、四苦八苦していたダリオン。

当然だ。人の姿になるのも魔法のひとつなのだから、その状態でまた別の魔法を使うなんて普通はできることじゃない。

それでも地下室での訓練を経て、ダリオンは人の姿でも軽々と魔法を使えるようになった。

どうやら身体能力は神獣の姿でいるほうが高いけど、魔法の扱いなら人の姿のほうがいい、ということらしい。

『複数のモンスターを相手にするなら、やはり人の姿のほうで広範囲に魔法を使うのが効率がいいようだ』

「私も……やってみるわ！」

そう言って、ダリオンと同じように風の魔法を繰り出す。

訓練された兵士でも苦戦する強力なモンスターの群れ。

けれどダリオンとの訓練のおかげか、いざモンスターを前にしてもそれほど脅威には感じなかった。

私の魔法で次々に敵が倒れていく。

ほとんどダリオンの力が大きいと思うけど、私たちは、最初の場所にいたモンスターを全て倒すことに成功して、周囲の人たちは私とダリオンを見て唖然としていた。

特にダリオンの魔法に驚いていた様子だけど、私も戦力になれているようだ。

重傷の人を回復魔法で治し、まだ怪我をした人はいないか……と思っていたら、今はここよりも、他の場所の応援を優先してほしいと言われて先に進むことになった。

その後、私たちは他の二ヶ所でも、モンスターの大群を難なく倒した。

クリフォード殿下の願いに応えることができた――私は、ただそのことが嬉しかった。


戦いを終えて、もう日が暮れていたので今日は近くの村に泊まることとなった。

それにしても、たった一日であの数のモンスターを殲滅《せんめつ》できるとは思わなかった。

ダリオンはああ言っていたけど、聖域の力はやはり大きかったのだと思う。

モンスターを攻撃するより、回復魔法で怪我人を治して回るほうが疲れたくらいだ。それでも、犠牲者が少なくて良かった。

私はダリオンのもふもふとした毛を撫でて、気持ちを落ち着かせる。

ダリオンは尻尾を左右に振って、上機嫌で呟く。

『ノネットは初陣なのに、動きが良かった。我も人の姿で魔法を試せてなによりだ』

「戦闘なんて起きないのが一番だけど、こればかりは仕方ないことね」

『そうだな。それにしても、冒険者たちから情報収集できたのは幸運だった。本当にヒルキス王国の魔結晶がモンスターを召喚し呼び寄せているとは……。王宮のどこかにあるらしいと聞いたが、我がヒルキス王国にいた時には、気づかなかった』

今日の戦いで助けた冒険者の一人は、ヒルキス王国の王宮には間違いなく魔結晶があると断言していた。

どうやら王宮に向かった冒険者が何人も行方不明になっているのだという。

それは逆に「王宮になにかある」という確信に繋がった。

そこで冒険者ギルドは、冒険者を王宮の兵士として潜入させ、内情を探ろうと目論《もくろ》んだ。

しかし、それは思わぬ結果をもたらしたのだという。

「王宮に潜入させた冒険者は、『魔結晶なんてものはない、誤解だった』と報告した……その上、まるで人が変わったようにヒルキス王国に忠誠を誓うようになった、だなんて」

『うむ。そのおかげで、それ以上の調査は難しくなってしまったと。強行突破も難しいとなれば、ギルドのほうで打つ手はないようだ』

「イグドラは、非道な人体実験も行うって聞いたわ。その冒険者も、もしかしてイグドラになにかされて、洗脳されたのかも……」

『可能性は高い。ユリウスの話も聞いたが、王宮に潜入して以降連絡がないと言っていた。さすがに奴が操られることはないと信じたいが……』

ダリオンは、不安そうに尻尾で床を叩く。

改めて魔結晶やイグドラの恐ろしさを実感した。

そんな不安な気持ちを振り払うように、私はなるべく明るい声で、ダリオンに今日の戦いの話をする。

「初めての実戦、緊張はしたけど、自分があそこまで魔法を使いこなせるなんて思わなかったよ」

『確かにな。……聖域の力もあるが、もしかすると』

「ダリオン？」

『いや、なんでもない。聖域内では、身体や魔法の能力が強化される。それにノネットの神獣である我がそばにいたから、それだけ力を発揮しやすかったのかもしれん』

「そうだね。ありがとう、ダリオン」

そう言って、その日はもう眠ることにした。


来た時と同じようにダリオンに乗って平原を駆け、クリフォード殿下が待つ王都に戻った。

城門が見えて——私と人の姿になったダリオンのもとに、城の人たちが駆けつける。

「お帰りなさいませ！」

「クリフォード殿下の恩人と聞いていましたが、さすがの強さです！」

どうやら先に戻った冒険者たちが、私たちのことを報告してくれたようだ。

騎士たちや貴族の方々まで私たちを褒めている中、私の耳にダリオンが囁《ささや》く。

「……今までもハーチス王国の者たちは我々に好感を抱いていたが……今はさらに、気遣いと敬意を感じる。温かい感情だ」

嬉しそうなダリオンの言葉で、私とダリオンが改めて、この国の人々に認められたことを知った。

そうこうしていると、慌てた様子のクリフォード殿下が、私たちのところへやってきた。

私たちの姿を見て、殿下の表情が安堵に変わる。

「二人とも、無事で良かった。ハーチス王国を救ってくれて、本当にありがとう……！」

クリフォード殿下の安心したような声で、私もようやく人心地がついた。

どこのものとも知れない、平民生まれの私とダリオンを、こんなに心配して、温かく迎えてくれる場所がある――この国に来て良かったと、心から思った。


それから、私とダリオンは自分たちの部屋に帰ってきた。

ダリオンは人から神獣の姿に戻り、ゴロンと床に転がる。

そんなダリオンの毛並みをくしで整えようとして、尻尾が不安げにパタパタ揺れているのが気になった。

「ダリオン、なにか気になることがあるの？」

『そうだな。目下の危機はどうにかなったが……しかし』

「？」

『今回のことがヒルキス王国の差し金だとすれば、もしかすると我とノネットの居場所を探ろうとしていた、という可能性もあるのではないかと考えていた』

そう言われて、私は目を見開いた。

確かに、あの強力なモンスターたちが現れてもすぐに鎮静化されたとなれば、神獣の存在を知るヒルキス王国ならそこにダリオンがいると考えてもおかしくない。

「もしかして、ハーチス王国を侵略してダリオンを奪おうとしたんじゃ――」

『いや。今回の件は、ハーチス王国に我らがいるか確認したかっただけだろう。まあ、我々が出ていった腹いせに国の問題を他国に押しつけようとしただけという可能性も、あのベルナルドなら十分にありえるがな』

「それは……そうね」

あのベルナルドなら、そのくらいのことをしてもおかしくないと私も思う。

私たちがいることでハーチス王国に迷惑をかけてしまうんじゃないか。

私は思わずダリオンの毛をくしゃくしゃと撫でていた。

『今回のことがヒルキス王国によるものであることは明らかだ。周辺国から糾弾されることになるだろうし、そうなればヒルキス王国も敵意を露《あら》わにしてくるかもしれん。我々がいることで火の粉が降りかかるのではなく、我々がいるから火の粉を振り払えるのだと考えよう、ノネット』

そう言ってダリオンは慰めてくれるけど、あの国には神童と呼ばれる第二王子ルゼアがいる。

ルゼアがなにをしてくるのか、まったくわからないのが恐ろしい。

……そこだけは、どうしても拭い去れない不安だった。

「この新しい生活を守るためなら、私はなんだってするわ」

『我も同意見だが……ノネット、無茶はしないでくれ』

そう言って、ダリオンはクゥンと小さく喉を鳴らした。

◇◆◇

ヒルキス王国の王宮。神聖な王の間に置かれた豪奢《ごうしゃ》な玉座——ベルナルドは、その正面に立っていた。

「ベルナルド。貴様があの平民の女を追放し、神獣を失ったせいで、我が国が負った損害がどれだけのものか。わかっているか？」

「そ、それは」

口調こそ静かなものの、国王が激怒しているのは明らかだった。

「モンスターによる被害は我が国に留まらず、周辺諸国まで及んでいる。それも、我が国がモンスターを差し向けたなどと悪評を立てられているのだぞ！　それもこれも神獣を失ったからだ……ベルナルド！　貴様には、責任を取って魔結晶を破壊してもらう!!」

「そんな！　俺に死ねと言うのですか!?」

「黙れ、この愚か者！　貴様はそれだけのことをしたのだ！」

「ぐっ……」

「我々の避難が済み次第、貴様はすみやかに魔結晶を破壊するのだ。魔結晶の破壊はすさまじい爆発を伴うからな。貴様には生贄《いけにえ》となってもらう。なに、その偉業は後世まで讃えてやる。光栄だろう？」

大地の魔力を取り込み、半永久的に稼働する魔結晶を無理に破壊すれば、魔力が暴走し大きな爆発が起こる。

だから、魔結晶を破壊するには王宮の周辺から人々を避難させ、残った一人が犠牲となるしかないのだ。

これまでに魔結晶の処理を請け負ったことのある冒険者ギルドの人間なら、爆発させずに解体する方法を知っているはずだが、協力など仰《あお》げるはずがない。

解体に必要な技術か知識なら、イグドラの人間も持っているだろう。しかし、そもそも魔結晶を設置した彼らがその解体に応じるはずがないだろう。

国王は全ての責任をベルナルド一人に取らせ、魔結晶もろとも全てを闇に葬ろうというのだ。

突きつけられた自らの末路にベルナルドが真っ青になっていると――いつの間に入ってきたのか、弟ルゼアがベルナルドの横を通りすぎ、玉座の前に立つ。

「なっ――!?」

一瞬の出来事だった。

国王の腹に、剣が突き刺さっている。

ルゼアが実の父を刺したのだと、ベルナルドはすぐに理解できなかった。

無表情の――いや、敵意を国王に向けるルゼアに、父は唖然とした声を漏《も》らす。

「ルゼ、ア……なぜ、だぁっ――!?」

「なぜ？　貴方ごときが兄様に命令を、それも生贄《いけにえ》になれなどとふざけたことを言ったからですよ」

国王は驚愕に目を見開いているが、ベルナルドはルゼアの異常性を知っている。

「ルゼア！　よせ!!」

「兄様、父上の発言は許せるものではありません。排除します」

「なっ――!?」

そう言って突き刺さっていた剣を再び掴み、ルゼアは父の体を両断する。

ベルナルドは、今までにない恐怖を感じていた。

ルゼアは実の父である元国王の亡骸《なきがら》を平然と蹴り飛ばし、呆れた様子で呟く。

「これで、兄様が死ぬ必要はなくなりましたね」

「あ、ああ……？」

どうして実の父を殺害しておいて、ここまで冷静でいられるのか。

声を震わせながら、ベルナルドはルゼアを見つめた。

そしてベルナルドは、再びルゼアの発言に唖然とすることになる。

「周辺国にモンスターを差し向けるよう命じたのは僕ですが、おおむね計画通りに進んでいます。ハーチス王国以外は」

「……なに？」

「やはりノネットと神獣ダリオンがいるのは、ハーチス王国に違いありません」

ノネットとダリオンがハーチス王国にいる――そこで奴らが平和に暮らしているであろうことを想像すると、はらわたが煮えくり返る。

（俺はここまで追い詰められているのに、どうして奴らばかり……！）

それよりも、周辺国にモンスターを差し向けたというルゼアの言葉が理解できない。

「本来であれば、周辺国全てを恐怖に陥れることができたのですが……まあ、ハーチス王国が無事だったところで、僕と兄様の行動を止めることはできないでしょう。僕の計画は完璧ですから」

ルゼアの発言の意味がわからない。

「おい、いったいなにを言っている……？」

覚えのないその計画について聞くと、ルゼアはうっとりと微笑む。

「まずは周辺国をひとつずつ潰して、支配して、吸収して――ヒルキス帝国を作ります。そして兄様は、ヒルキス帝国の帝王となるのです！　帝王になった兄様に、全世界の民がひざまずく……素晴らしいと思いませんか？」

「なん、だと……？　ヒルキス帝国……？」

「国王陛下は亡くなりました。今この時より、兄様がヒルキス王国の王様です。反対する者は、僕が全て消しましょう」

「俺が、この国の王――」

国王になる。

それはベルナルドが幼少の頃から夢見ていたことだが、こんなに呆気なく叶うなど、想像していなかった。

ルゼアに手を引かれ、ゆっくりと玉座に座ると、その正面に膝をついたルゼアが幸せそうに頭を下げる。

ベルナルドが呆然としていると、嬉々とした表情のルゼアが告げる。

「兄様、僕は少しやらなければならないことがあります。僕がいない間、兄様には優秀な魔法士を護衛につけましょう」

「……お前はこれ以上、いったいなにをするつもりだ？」

「僕はこの時を待っていました――兄様は、ただ見ているだけでいいのですよ」

どうやら説明より結果を見せたいようで、ルゼアはすぐに去っていった。

ヒルキス帝国を作り上げ、ベルナルドを全世界の王とする――荒唐無稽な話のはずなのに、ルゼアの声はやる気に満ちていて、ベルナルドは震えるしかなかった。


ベルナルドがヒルキス王国の新たな国王になって、一週間が経った。

ルゼアが認める優秀な護衛が付き、表向き平穏な日々が続いている。

一人にしてほしいと護衛に頼み、玉座に座るベルナルドは呟く。

「ノネットが国を出て、俺の生活は、大きく変わってしまった」

神童と呼ばれ、他者とは比べものにならない力を持つルゼア。

ベルナルドが弟に頼らざるを得ない状況を作り出すためだけに、ルゼアは神獣を国から追い出し、ヒルキス王国を窮地《きゅうち》に陥れた。そして次に、魔結晶を利用して周辺国を攻撃し始めた。

その目的は――ベルナルドをヒルキス帝国の帝王とすることだという。

ベルナルドは、詳しいことはなにも聞かされず、ただ玉座に座っていればいいと言われた。

国王の死はすぐに伝わり――当然のように次の国王はベルナルドだと認められた。それも、ルゼアの根回しによるものなのだろうか。

「ルゼアが失敗した姿は、今まで見たことがなかった。まさか、ここまでやるとはな」

ルゼアが事前に準備していた兵隊と、魔結晶で操ったモンスターによる周辺国の侵略と吸収。

神獣がいるであろうハーチス王国以外は、問題なく支配できるとルゼアは言っていた。

まずはハーチス王国以外を支配し、それから全勢力でハーチス王国に攻め込む。

「不安があるとすれば、神獣の存在、か……」

ダリオンとノネットは、テイマーのスキルや神獣の力を詳しくは知らないはずだ。

だが、ノネットたちが力のことを知り、使いこなせるようになれば、間違いなく脅威になる。

ベルナルドは、早急にハーチス王国に向かい、ノネットを捕らえたかったが、ルゼアは「神獣などどうにでもできる」と拒《こば》んでいる。

(どうにかしてルゼアを説得して、ノネットを捕らえさせたい)

無敵の神童ルゼアといえど、神獣ダリオンを相手にしてはただでは済まないだろう。

だが、ルゼアを納得させる理由を思いつかなかった。

ベルナルドは王となってから、ずっと王の間で兵士たちから報告を聞くだけの日々を送っている。

ギィィと重い扉の開く音が響き、城から出る頻度が多くなったルゼアが戻ってきた。

ルゼアはベルナルドの前に膝をついて、嬉々とした表情で話す。

「報告します――兄様、ビュゼラ公国を支配いたしました」

「な……なんだと!?」

ビュゼラ公国――ヒルキス王国の隣国の中で最も小さい国ではあるが、このわずかな期間で一国を落としたとルゼアが告げた。

いくらルゼアの力が途方もないといっても、どんな手段を取ったのか想像もできない。

「イグドラと僕の力を合わせれば、造作もないことです」

ルゼアはあっさりと言い放つが、イグドラはそこまで協力的なのだろうか。

魔法研究機関イグドラとは協力関係にあるとベルナルドは思っていた。

その行動や目的には謎が多く、前国王も意のままにはできなかったが、ルゼアは駒のように使っている。

「最初にモンスターを送った時、一番苦戦していたのがビュゼラ公国でしたから、ちょっと圧力をかけただけですよ」

ルゼアは簡単に言うが、想像するだけで背筋が寒くなる。

(――本当に、ルゼアは俺の弟なのだろうか？)

「ヒルキス帝国の脅威は、すぐに広まることでしょう。……ようやく、この時が来ました」

そう言って、ルゼアはなにかを期待するような眼差しをベルナルドに向ける。

その眼差しには覚えがある。ベルナルドは幼い頃を思い出し、平静を装って告げた。

「そ、そうか――ルゼア、よくやってくれた」

ルゼアは、ただ兄に褒められたいだけなのだ。

何度も弟の、ルゼアの機嫌を取ろうとしたベルナルドにはわかってしまった。

あの頃、ベルナルドはルゼアを使える手駒だと、王になるための道具だと考えていた。

実際、ルゼアはベルナルドを王にした。

これは全て、自分が願った結果ではないか――ベルナルドは全身を震わせる。

そんな中、ルゼアは、ベルナルドの言葉に照れたような表情を浮かべていた。

「はいっ！　兄様のためなら当然のことです！　必ずや僕が、兄様を世界一の帝王にしてみせます！」

その表情は今までにないほど輝いている。

もう止まれない。

止まることがあるとすれば、それは二人が破滅する時だ。

ルゼアの本性を知った時に、ルゼアが言った言葉を思い出す。

『僕は兄様のそばにいて、兄様は僕がそばにいなければ生きていけない――夢のようです。最期の時まで、僕たちは一緒ですよ』

ルゼアが去った王の間で、ベルナルドは頭を抱える。

「どうして――俺は、ノネットを追い出したんだ……」

後悔しても、もう後戻りはできなかった。

第三章　殿下の同行

私とダリオンがハーチス王国に来て、もうだいぶ経った。

先日起きた襲撃以降、ハーチス王国ではモンスターたちによる被害は出ていない。

それが気になった私は、ダリオンに尋ねた。

「最近モンスターの被害がないのって、もしかしてダリオンの力によるもの？」

『そうだな。ようやく結界が安定してきたこともあるが……ノネットの力も大きい』

「私の？」

ダリオンに比べれば、私は大して役に立っていない。

不思議に思って目を瞬かせると、ダリオンは私と目を合わせて言った。

『世辞を言ったわけではない。ノネットが持つテイマーのスキルによって、我の力がさらに強くなっているのだ』

「えっ？　でも、今まではそんなこと一度もなかったよね？」

『おそらくだが、ノネットの精神が安定しているからだろう。魔法の力は本人の心と大きく関わりがあるからな。この国に来て、満たされた生活をしていることで、ノネットの力が増幅し、我にもその影響が出ているのだ。ヒルキス王国は馬鹿なことをしたものだな』

そうダリオンが説明してくれたことで、いろいろなことが腑《ふ》に落ちた。

今まで魔法が使えなかったのに、急に使えるようになったのも、もしかしたらそういうことなんじゃないだろうか。

それにしても、もう使い道がないと思っていたテイマーのスキルがまだこんなかたちで役に立つとは思わなかった。

私の力が増すことがダリオンにも影響するということは、テイマーのスキルは一頭を神獣にして終わり、ではなく、その後も神獣と繋がり続けるということだ。

ダリオンがどれだけ強い力を持つ神獣となったとしても、私とダリオンの繋がりは消えない――そう思うと、無性に嬉しくなる。

そんな話をしていると扉がノックされて、クリフォード殿下が部屋にやってきた。

殿下の顔は真っ青で、見るからに様子がおかしい。

人の姿になったダリオンが心配そうに尋ねる。

「クリフォード、なにかあったのか」

クリフォード殿下は一度深呼吸をして、神妙な面持ちで話を始めた。

「とんでもないことになった――ヒルキス王国が周辺国の侵略を始めた。……今はヒルキス帝国として、各国に宣戦布告をしている」

「ヒルキス帝国……ですか？」

クリフォード殿下は激変した情勢を話してくれた。

ヒルキス国王が死に、ベルナルドが新たな王となったこと。

そしてビュゼラ公国をあっという間に征服し、ヒルキス王国がヒルキス帝国となったこと。

それがこの一週間のうちに起きた出来事だというから驚きだ。

すでに各国で騒ぎになっているようだが、普段部屋からあまり出ない私たちにとっては寝耳に水だった。

どうしてそんなことが起きているのかはわからないけど、大きな変化が起ころうとしている。

クリフォード殿下の話は壮大すぎて、とても信じられなかった。

「ビュゼラ公国は小さい国と聞いていますが、それでもたった一週間足らずで降伏したなんて……」

「ああ。どうやらヒルキス帝国は例の強力なモンスターたちを、ビュゼラ公国に集中して向かわせたらしい。先日我が国を襲った数も相当なものだった。あれ以上というなら、ビュゼラ公国はひとたまりもなかっただろう」

ヒルキス帝国は、モンスターの大群を引き連れてビュゼラ公国に降伏を促《うなが》したらしい。

ここ最近モンスターの被害がなかったのは、戦力をそこに集中していたから、ということだ。

ヒルキス王国にできるのは、モンスターを少し移動させることくらいだと思っていたけど、モンスターの大群を、完全に操作できるようになったのだろうか。

「モンスターを従えるって、帝国にはそんな力があるのですか？」

「どうやら可能にしたみたいだ。ヒルキス帝国は、本来の力を取り戻したモンスターたちを支配し、周辺の国を脅《おびや》かすつもりなんだと思う」

「ベルナルドが考えていた対処法は、モンスターを従えることだったというのか……？　なんと無茶苦茶な！　それもまた、イグドラとやらの力だろう」

「そうかもしれない。けれど警戒すべきはルゼア王子だ。ビュゼラ公国制圧の指揮を取っていたのが、ルゼア王子だと聞いた。ベルナルドは帝王を名乗ってはいるけれど、王宮にこもってなにもしていない。言わばお飾りなんだろうね」

「確かに……ベルナルド王子には、そこまでの度胸はないです」

第二王子ルゼアのことはあまり知らないけど、これまで聞いた話からするとそうなのだろう。

ただ、それでもどう考えてもルゼアの独力では難しい。だからイグドラと相当強固な協力関係を築いているのではないか。つまり、イグドラにとってもルゼアはそれだけ利用価値があるということなのだろうか……？

「これからヒルキス帝国はさらに周辺国を、特に弱い国を攻めていくはずだ。……だけど、どんな国もそんな目に遭わせるわけにはいかない。帝国が力をつける前に動きを止めないと！」

クリフォード殿下は、声が震えていた。

強力なモンスターを引き寄せる魔結晶。

その魔結晶を作り、モンスターを従えることを可能にした魔法研究機関イグドラ。

さらに、ルゼアの力はダリオンにも匹敵するという。

ヒルキス帝国の戦力はとてつもなくて、小さな国を一週間で支配できるほどだ。

このことが知れ渡れば、侵略される前に自ら降伏する国も出るだろう。

帝国は規模を増す一方だ。

最悪の事態を想像していると、クリフォード殿下は私たちに頭を下げた。

「帝国に抵抗するために、周辺諸国が助けを求めてきている。ノネットとダリオンも協力してくれないだろうか……？」

「……ノネット、どうする？」

私の答えはもう決まっている。

私は、クリフォード殿下の目を見て言った。

「するに決まってます！」

ヒルキス帝国の暴走は、絶対に阻止しなければ。

他の国を助けたい、なんて殊勝な気持ちじゃない。このままでは、ハーチス王国に危機が迫るから。

それに、クリフォード殿下にこんな顔をさせるなんて、許せない。

この問題が解決すれば、きっと殿下も笑ってくれる。

私の言葉を聞いて、ダリオンがクリフォード殿下を見つめる。

「ノネットがそう決めたのなら、我は全面的に協力しよう！　他国にも我が結界を張るのはどうだろうか。いくらか助けになるはずだ」

ヒルキス王国を出てから、ダリオンが結界を張ったのはハーチス王国の王都を中心とした一部だけ。

複数の結界を張っても意味がないからだ。

けれど各国にひとつずつ張るくらいなら、距離があるから問題ないはず。

「それならヒルキス帝国に結界を張って、モンスターを弱らせることもできるんじゃない？」

「モンスターの力を抑えるだけならその方法もアリだが、魔結晶にどう影響するかわからないから、それは危険だ。止めておいたほうがいい」

「そっか……なにかあった時のことを考えると、そうなるね」

「僕もそう思う。ただ、他国に結界を張るのも、僕は反対だ。こういうことは言いたくないけれど、ヒルキス王国のように欲に目がくらんで悪用されることも、考えられるから……。二人にはまず、ハーチス王国とヒルキス帝国から近い、ヴェスク王国の応援に向かってほしい」

「わかりました」

クリフォード殿下がそう言うなら、無理に異を唱えることはすまい。私たちは助けに向かうだけだ。

とにかく私とダリオンは、隣国ヴェスク王国を助けるために動こう。

「ノネット、ダリオン……ありがとう」

クリフォード殿下が安堵したように微笑むと、こんな状況なのに私はつい頬が熱くなってしまって、それをダリオンは目を細めて見ている。

「クリフォード殿下、私とダリオンは今すぐヴェスク王国へ向かいます」

「ヴェスク王国……地図はあるか？　行ったことがないので、確認したい」

私たちが旅支度を始めようとすると、クリフォード殿下が表情を引き締めた。

その姿の凛々《りり》しさに目を奪われていると、ゆっくりと殿下が告げた。

「そのことなんだけど——僕も同行させてほしい」

「……えっ？」

「構わないが、守ってやれるとは限らないぞ。優先順位はノネットより下になる」

私としてはクリフォード殿下を最優先してほしいけど、ダリオンがそう決めたのなら私が言っても変わらないだろう。

そうするとかなり危険だ。

「クリフォード殿下、そんなのダメです。危ないです」

「大丈夫。自分の身くらい自分で守れるよ。それに、国境を越えるのだから、王子である僕がいたほうが便利だろう？　ただ、馬ではダリオンの速度についていけないから……僕も一緒に乗せてもらっても、いいかな？」

クリフォード殿下の顔つきは決意に満ちていた。

「もう一度言うが、なにかあれば我はノネットを優先するぞ」

「わかってる。むしろその言葉を聞けて良かった」

「そうか。それなら、決めるのはノネットだ」

「私としては、その——」

そんなことを言われたら、いくら心配でも拒《こば》めない。

どうしても決断できずに二人の顔を交互に見る。すると、クリフォード殿下が目の力を強める。

「これは僕が決めたことだ。どんな目に遭おうと、覚悟の上だよ。だから、連れていってほしい——頼む」

「わ、わかりました」

相変わらず、クリフォード殿下は平気で私に頭を下げる。

こんなに真摯な頼みを、断れるはずがない。

私たちは、三人で向かうこととなった。


それからすぐに城を出て、ダリオンに乗って隣国ヴェスクに向かう。

ヴェスク王国へ行くのは初めてだけど、クリフォード殿下の案内もあって迷うことはない。

私とクリフォード殿下の二人を背に乗せ、ダリオンは悠々と草原を駆けていく。

私が前で、後ろにクリフォード殿下。

かなり距離が近くてドキドキしていると、クリフォード殿下の声がした。

「緊張しているようだね、ノネット。でも、ダリオンがついているし、微力ではあるけど僕もノネットを守ってみせるよ」

「は、はいっ！」

こんな密着した状態でそんなことを言われて、私はますます固まってしまう。

今の私の顔がどうなっているのかはわからないけど、真っ赤になっているに違いない。

それからお互いなにも言わず、気まずくなってしまった……でも、自分から声をかけていいものか。

今まで私とクリフォード殿下は二人で対等に話すというよりは、殿下とダリオンが話をして、時々意見を言う……ということが多かったような気がする。

それは私がダリオン以外の人と話すのがあまり得意ではないということもあるし、自分はただの平民だ、という意識のせいもあると思う。

でも、きっとクリフォード殿下は私が戦いを前に緊張していると思ってなにも言わないでいるのだと思う。

それならこのままヴェスク王国に行ったほうがいいんだろうけど……私は、クリフォード殿下ともっと話したい。

そう考えている時、ダリオンが話し始めた。

『クリフォードよ。隣国であれば、距離や規模が変わらないサーラ国もあるだろう。そちらではなくヴェスク王国を優先したのは、なにか理由があるのか？』

二人とも喋らないから、ダリオンが話を振ってくれたのだろうか。

ダリオンの気遣いをありがたく受け入れ、クリフォード殿下に伝えた。

「サーラ国ではなくヴェスク王国を優先した理由はあるのか、ダリオンが聞いています」

「それは被害の規模の違いだね。どうやらヒルキス帝国は、サーラ国より先にヴェスク王国を支配下に置きたいらしい。向こうも、攻め込む順番を決めているみたいだ」

『順番か……確か、特に力の弱い国を攻めているという話だったな』

「その通りだ。どうやらヒルキス帝国は最初にモンスターたちを送り込んだ時の反応を注視していたみたいなんだ。モンスターの対処に手こずっていた国から先に狙われている。あれは、斥候《せっこう》のような役割があったんだろうね」

つくづくあのベルナルドには考えられない作戦だ。

やはりルゼアが裏で糸を引いている、ということなんだろう。

ヒルキス帝国が戦力を強める前に、どうにかしなければ。


半日程度で、ヴェスクとの国境についた。

平原には、やはりモンスターの数が多い。

周囲のモンスターをダリオンが蹴散らしながら、一番被害が大きい街を目指す。

「今から向かうのは、ヴェスク王国の一番大きい街シウラだ。そこを落とされたら取り返しがつかないけれど……初めの襲撃から、何度も攻撃を受け、だいぶ疲弊している」

「ヒルキス帝国は、全力で制圧しに来てますね」

「ああ。ヴェスク王国も周辺国に助けを求めながら必死に食い止めているけど、それもいつまで持つか……」

ヴェスク王国よりは被害が少ないとはいえ、他の国だってあのモンスターの襲撃を受けている。

その中で一番被害が少ないハーチス王国が、こうして助けに来たわけだ。

ダリオンに乗ってこられる私たちが一番乗りで間違いない。

私たち三人だけで、どこまでやれるだろうか。

ダリオンのとてつもない速度によって一日も経たずに到着したヴェスク王国の街シウラは、いまにもモンスターの大軍に攻め落とされようとしていた。

シウラの街を覆う壁の周りは大規模な戦闘状態となっていて、明らかにモンスター側が優勢だ。

それでも人々は必死に戦い、モンスターに壁を破壊させまいとしている。

周囲を見渡すと負傷した騎士や冒険者たちの姿があちこちに倒れており、治療も間に合わない状況のようだ。

「わかってはいたけどこれほどとは……ノネット、ダリオン、まずは人命を最優先しよう！」

『ああ。我が周囲のモンスターたちを遠ざけている間に、ノネットは負傷した人々を治療してくれ！』

そう言うや否や、ダリオンが人の姿になる。

風魔法でモンスターの群れを飛び越えて、私たちは戦闘の中心地に着地した。

ダリオンが暴風を繰り出し、大軍を勢いよく吹き飛ばしていく。その威力は、モンスターの肉体が弾け飛ぶほどだ。

ダリオンが敵を蹴散らしている隙に、私は回復魔法で人々の治療に回る。

「モンスターが迫ったら僕が守るから、ノネットは気にせず魔法を使ってほしい！」

「はい！」

殿下の期待に応えるために、最高の結果を出したい。

それに、ダリオンとクリフォード殿下が私を守ってくれるなら、これほど心強いことはない――

私は安心して魔法を使えた。

そのせいか、前よりもさらに回復魔法の精度が向上している。

魔法というのは使用者の精神と密接に関係するというけど、二人がいてくれることでこんなにも変わるとは……

傷を負った人々を守りながら、私たちは戦う。

ダリオンの力でモンスターを圧倒し、戦況が落ち着いてくると、ヴェスク王国の兵たちの中でもリーダー格であろう、重厚な鎧をまとった青年がやってきて頭を下げた。

「た、助かりました。私はこの騎士隊の隊長を務めております。あなたがたは、冒険者の方ですか？」

「ハーチス王国第三王子のクリフォードだ。彼女はノネットで、彼がダリオン。ハーチス王国より、助太刀に参りました」

クリフォード殿下が騎士隊長と挨拶をしている間も、ダリオンは風魔法でモンスターを吹き飛ばしている。

とてつもない数のモンスターだったけど、神獣ダリオンの敵ではなかった。

「強いモンスターがちらほらいたようだが、そいつらを全て倒せば脅威は消えるだろう」

「そのようだね。モンスターだって、無尽蔵に湧いてくるわけじゃない。これくらい倒せば、ヒルキス帝国の動きも少しは足止めできるはず」

ダリオンと殿下の言葉に、騎士たちもうなずいている。

ダリオンが倒したモンスターは、今までのモンスターよりも遥かに強かった。

回復魔法を使うゴーストを引き連れ、オーガが攻める、と戦略的に動くモンスターたち。

ただのゴブリンでさえ、攻撃するだけでなく危機を察知して引いたり、仲間と連携したりと知性が見られた。

あのリザードウォリアーもたくさんいて、ダリオンがいなければとても勝てなかっただろう。

けれど引っかかることがあった。

ビュゼラ公国制圧の際は、ルゼアが直接指揮を取っていたと聞いた。

けれど、この場にはいない。

――モンスターだけでも十分だと思っているのか、それとも、なにか策があるのか……

とにかく私は、怪我人の治療を進めよう。

私は魔力を光に変えて、辺りを照らした。

その光を浴びた人々の傷が、瞬く間に癒《い》えていく。

一度にたくさんの人を癒す、回復魔法の応用だ。

「傷が、こんな一瞬で……！」

「すげえ！　歩けるぞ！　嬢ちゃん、ありがとな！」

苦しげな表情で倒れていた兵士や冒険者たちが立ち上がり、口々に礼を言う。

大きな怪我を負った人はあらかた治療し終え、私は前線で戦うダリオンのもとへ向かった。

「ダリオン！　大丈夫？」

「ああ、まだ少し残ってはいるが、ノネットのおかげで兵たちも動けるようになったからな。あとはもう大丈夫だろう」

周囲が安堵している中で騎士隊長が叫ぶ。

「モンスターと戦っている中、時々姿を現して指示を出している集団がいました。ヒルキス帝国の人間でしょう……気をつけてください！」

「なんだって⁉」

クリフォード殿下が驚いている。

それはそうだ。ヒルキス帝国の人間といえば――ルゼアの存在が脳裏をよぎる。

人の身でありながら、神獣ダリオンに匹敵する力を持つというルゼア。

それでなくとも彼の動きは不気味だというのに。ついに対面することになるのだろうか――？

そう思案していると、突然辺りが暗くなった。

「ノネット、危ない！」

突風が吹き、なにかが吹き飛ぶ気配がした。振り返ると、巨大なモンスターが倒れている。私が油断した隙に後ろへ迫っていたモンスターを、ダリオンが風魔法で吹き飛ばしたのだ。

「ダリオン、ありが……」

言いかけて、倒れたモンスターの陰に、フードを被った三人組がいることに気づいた。

「あれって、もしかしてさっき騎士隊長が言っていた……？」

「ああ。しかし、もっと遠くまで飛ばしたつもりだった。それが阻《はば》まれた……我の風魔法を防ぐとは、奴らは相当な実力者だぞ」

途端に、周囲に緊張が走る。

三人組はまだ遠く、なにかを話しているようだが、距離がありすぎて聞き取れない——そう思ったのだが、私の耳には、なぜか三人の会話が聞こえてきた。

『あそこまで強い魔法士がいるとはな。ルゼア様にどう報告する？』

『それよりもあの少女だ。ルゼア様から聞いた、標的のノネットだろう。神獣の姿が見当たらない、今が好機と考えるべきだ』

『無駄口を叩くな。お前ら二人はイグドラ幹部である俺の命令を聞いていればいい』

会話の内容も気になるが、これだけ離れているのに、なぜ声が聞こえるのだろう。

「あんなに遠くにいるし、小声なのに、どうして……？」

私はさらに意識を集中して、会話を聞こうとした。けれど、そうすると周りの音が耳に入らなくなってしまう。

「ノネット、大丈夫か」

「は、はい……！」

心配したクリフォード殿下が私の肩に触れてくれて、我に返った。

なにがなんだかわからないでいると、ダリオンが言う。

「おそらく、我と聴覚を共有したのだろう。これもテイマーの力なのか……。奴らは、我が神獣であることに気づいていないらしいな」

神獣と聴覚を共有……また新しい力に目覚めたんだろうか。

彼らはやはりヒルキス帝国と、それからイグドラの人間のようだ。

そして――三人組が発した次の言葉に、私は驚く。

『命令は捕獲でしたか？』

『違う。それはベルナルドの希望だから無視しろ……ルゼア様はノネットを発見次第、始末しろとおっしゃったのだ。ノネットの死体をベルナルドに見せたいと言ってな』

ヒルキス帝国の、第二王子ルゼアが……私を殺そうとしている？

クリフォード殿下が心配そうな声で聞く。

「ノネット、大丈夫かい!?　顔が真っ青だ」

それでもなにも言えないでいると、クリフォード殿下が私の肩に手を置き、まっすぐに目を合わせた。

「なにがあっても、僕がノネットを守るよ。それじゃ安心、できないかな」

殿下の声は、苦しそうだった。

クリフォード殿下を悲しませてしまったことに気づき、私は冷静さを取り戻す。

「だ、大丈夫です。クリフォード殿下、ありがとうございます」

「来るぞ！」

そう騎士隊長が叫んだと同時に、フードを被った三人の手元が光った。

次の瞬間、私たちの正面にすさまじい炎と稲妻、暴風が一挙に巻き起こる。

それを全て、ダリオンが魔法で受け止めた。

魔法の攻撃は、その威力に勝る魔法をぶつければ押し返すことができる。とはいえ、簡単なことではない。

膨大な魔力の衝突が起きて、ダリオンは今まで見たことがないほど苦しそうな表情を浮かべ、苦痛の声を漏《も》らした。

「ぐぅっ——!?　さすがに三人同時の攻撃は、我でも危ういか……っ！」

「ダリオン!?」

稲妻と炎をまとった暴風を受け止めているけど、ダリオンの体がゆっくり後方に下がっていく。

このままでは、押し負ける——！

ダリオンのすぐそばにいた私と、クリフォード殿下と騎士隊長は守られているけど、他の兵士たちが吹き飛ばされていく。

直撃したわけではないから大事はないと思うけど、協力は望めそうにない。

私は飛ばされそうになりながらも、ダリオンのそばに近づいて、風魔法の呪文を唱え始めた。

ダリオンの魔法に私の魔法を足すことで、攻撃を打ち消すくらいはしてみせる。

そう決意して、私が両手から風魔法を放とうとすると——敵の魔法がかき消えた。

「……えっ？」

なにが起きたのか、私にもわからない。

「ノネットが力を貸してくれた瞬間、とてつもない力が湧いた。……テイマーの力は、どうやらまだ進化するらしいな」

私はまだ魔法を使っていなかった。ただ力を貸そうとしただけで、ダリオンの力が増したのだという。

また、テイマーの新しい力に目覚めてしまったらしい。

三人組の様子を見ると、魔法がかき消えた反動を受けたのだろう、敵の二人が倒れていた。

残った一人が唖然として叫ぶ。

「馬鹿な!? 世界最強の組織イグドラの幹部である俺が、最高の魔道具を使ってこのざまだと!?」

イグドラの人なのはわかっていたけど……やけに最強とか最高を強調するな、この人。

魔力が高い人はおかしくなることがあるらしいから、少し不安になってしまう。

騎士隊と冒険者たちは吹き飛ばされていて、この場にいるのは私、ダリオン、クリフォード殿下、騎士隊長の四人だけだ。

モンスターの群れは全滅し、残る敵はイグドラ幹部が一人だけ。私とダリオンがいる以上、負けるはずがない。

「……どうして、あの男は、あんなに余裕があるんだろう」

クリフォード殿下が不安そうに呟く。

確かに左右に仲間が倒れ、四対一の状況だというのにフードの男には余裕がある。

そう思いつつ見ていると、男は懐《ふところ》から輝く石を取り出した。

「神獣がいないのなら、こいつで充分だ!!」

男が石を地面に叩きつけた。

輝く石が粉々に砕け散った瞬間、私たちの目の前に現れたのは、銀色の毛並みをしたライガーだった。

銀色のたてがみ、人を二人は余裕で乗せられそうな巨躯《きょく》の動物が、獰猛な咆哮《ほうこう》を上げる。

ダリオンによく似ているけど、殺気のこもった双眸《そうぼう》はまるで別物だ。その威圧感に、私は全身を震わせる。

「……ダリオン?」

私たちが呆然としている中、真っ先に反応したのはダリオンだった。

今まで私とクリフォード殿下以外には隠していた人化の魔法を解いて――神獣の姿になって突撃する。

金と銀――色以外は瓜二つの、巨大なライガー同士の衝突。

その姿を目にしたイグドラの男は、驚きながらも楽しげに叫ぶ。

「まさかあの男の正体が神獣だったとは! 改造された同胞を見て怒ったのか? ロアは改造に改造を重ねた人造神獣……本物の神獣といえどかなうまい!!」

男が驚愕の声を口にしつつ、小さな杖を取り出してライガーに突きつけた。

どうやらあの子はロアという名前のようだ。

見た目は色しか変わらない仲間と向き合うダリオンは悲しそうな表情をしている。

ロアは敵意を剥き出しにしてダリオンに飛びかかり、その目には殺意しかない。

『正気に戻れ！　その状態で戦い続ければ命はないぞ‼』

ダリオンが叫ぶけど、暴走状態のロアが止まることはなかった。

ロアもなにかを叫んでいるけど、テイマーの力でもロアの言葉はわからない。

最初は互角に戦っていたけど、次第にダリオンはロアに押されていく……私が助けないと。

私はダリオンとロアに駆け寄りながら、イグドラの男が使った魔道具について推測する。

ロアを出す時に使っていたのは、魔鉱石を加工した魔石と呼ばれるものだ。

そして男が持っている杖は、モンスターを操るための魔道具のはず。

ライガーはモンスターではない、ただの動物だ。けれど男が口走った『改造』という言葉を思い出す。

あの杖で操っているということは……イグドラはおそらく、あのライガーをモンスターとして改造したのだ。

「なんてことを──」

イグドラの技術に驚くよりも、モンスターでもないダリオンの同胞をそんな姿にしたことに、私は怒りを覚えた。

それはダリオンも同じ気持ちだろう。しかしロアの突進を受けて、徐々に押されていた。

「さすがに仲間を殺すのには抵抗があるか？　改造のしすぎで魔石に封印していないとすぐに死ぬ

ような最弱の雑魚だが、神獣を仕留められるのなら最高だ！」

イグドラの幹部が叫び、ダリオンの歯軋りの音が響く。

どうやらダリオンは抑えつけて無力化したいようだけど、ロアは攻撃にためらいがない。ロアを傷つけたくないのか、ダリオンは全力が出せていない。

イグドラ幹部の男を狙おうとしても、ロアの猛攻に阻《はば》まれる。

私がダリオンのもとに近づこうとすると、クリフォード殿下がついてきた。

私はとっさに叫ぶ。

「クリフォード殿下!?　巻き込まれたら危険です!!」

私は止めようとしたが、クリフォード殿下は走りながら叫ぶ。

「それはノネットも同じだろう？　僕の命にかえても、ノネットを守ってみせるから、一緒に戦わせてくれ」

——私を守る。

その言葉もすごく嬉しいけど、なにより嬉しいのは、ダリオンに向かっている私の行動を、尊重してくれることだ。

守るというなら戦闘から遠ざけるほうが楽なのに、クリフォード殿下は一緒に戦うことを選んでくれた。

こんな状況だというのに、私は嬉しくて、自然と笑ってしまった。

「テイマーの力を使う気か？　そうはさせんぞ！」

イグドラ幹部がそう叫びながら火球を繰り出してくる。それをクリフォード殿下の火魔法が迎え撃ち、打ち消しきれなかった分を剣で切り払った。

「ノネットはダリオンを優先してくれ！」

「はいっ！」

クリフォード殿下のお陰で私はダリオンのそばにやってくることができた。ダリオンの望みを叶えたいと、私は強く意識する。

さっきと同じで、私の意志でテイマースキルの力を発揮できるのなら、ダリオンを強くすることもできるはず。

そう考えた瞬間――私の魔力がものすごい勢いで減っていくのがわかり、ダリオンの動きが変わった。

『ノネット。ありがとう』

そう言って――ダリオンが魔力を込めた咆哮《ほうこう》を上げて、ロアが硬直する。

どうやらこの咆哮《ほうこう》には敵意を向けた人だけを怯《ひる》ませる力があるみたいで、イグドラの幹部が気を失った。

彼が握っていた細長い杖を、ダリオンが風魔法で破壊する。

「魔道具の杖を破壊した。これでロアの洗脳は解けるはずだ」

「助かった……のか？」

殿下の説明を聞いて近くにいた騎士隊長が呟き、私と殿下はダリオンのもとへ向かう。

ダリオンの前には――目を虚《うつ》ろにして、徐々に体が朽《く》ちていくロアの姿があった。

ロアはダリオンとなにか会話をしているけど、私にはロアの言葉はわからない。

それでもダリオンの様子から、もう長くはないことがわかる。

その時、イグドラの男のフードを探っていたクリフォード殿下が戻ってきた。

「封印の魔石があれば封印して治療法を探せたかもしれないけど……魔石は奴が壊した一個だけのようだ」

イグドラ幹部が使った魔石は貴重なものだったのだ。

ダリオンが回復魔法で体を維持しようとしているけど、ロアの体は徐々に崩れていく。

そんな中、私は思いついたことがあって、ロアの体に触れた。

『ノネット？』

「この子を……ロアを私のテイマースキルの力で神獣にしたら、助かるかもしれない」

それが無茶な考えだということはわかっている。

「そ、そんなことができるのかい？」

私の呟きを聞いたクリフォード殿下が尋ねる。

『できん！　以前二体目の神獣ができるか試した時のことを忘れたのか!?　あの時、ノネットは死にかけたのだぞ!?』

そう――私のテイマーのスキルの実験として、二頭目の神獣ができるか試したことがある。

その結果私は数日間意識不明になり、それ以降は禁止された。

それでも私は試さずにはいられなかった。

まずロアに回復魔法を使う。それはロアの意識を保つためだったけど——私の体内の魔力が、一瞬で消滅したのを感じた。

そうして行使した回復魔法はダリオンの魔法よりもずっと強く、崩れていたロアの体がもとに戻っていく。

ダリオンと同じもふもふの毛並みが、落ち着いた呼吸でゆっくり上下するのが見えた。

神獣にするか試す前に完治してしまったようで、皆が呆然としている。

「こ、これはどうして——」

思わずそう口にしたところで、意識が朦朧《もうろう》とする。

「ノネット!?」

倒れそうになった私を、クリフォード殿下が抱きとめてくれた。

しかしキュンとする間もなく、私は意識を失っていた。


目を覚ますと、そこにはクリフォード殿下しかいなかった。

「クリフォード殿下……私は、どうなったのですか?」

「たぶん、魔力を使いすぎたんだと思う。目が覚めて、本当に良かった」

クリフォード殿下はそう言って笑った。私は少し顔が赤くなる。

今まではダリオンが一緒だったから、クリフォード殿下と二人きりになったのは初めてだ。

照れくさくて辺りを見回すと、ここはどこかの部屋の中のようだった。

それも、木造ではあるがどこか妙で、まるで大きな木の洞《うろ》のような雰囲気だ。

「ここは、どこでしょうか？　猟師小屋……？　にしては、不思議な作りですが」

「ダリオンが木魔法で作った小屋だよ。つくづく神獣というのはすごいね……」

小屋の入口から夕日が差し込んで、夜になろうとしているのが見えた。

今日はシウラの街で泊まることになりそうだ……と思ったところで、とっさに叫ぶ。

「ロアは、どうなりましたか⁉」

「外にいるよ」

すぐに、私は外に出た。

そこには神獣姿のダリオンと、ダリオンにそっくりな、色だけが銀色のロアの姿があった。

隣に出てきた殿下が、説明してくれる。

「ダリオンが言うには、ロアは人のいる街に行きたくないみたいでね」

「あんな目に遭ったのだから、人間を信じられなくなって当然です」

『うむ。ノネットを街で休ませたいとも思ったのだが、我はどうしてもロアと話をしておきたかった』

平原に小屋を用意したのは、ロアを私とクリフォード殿下以外の人間と関わらせたくないから。

ダリオンはロアと話をしたようで、魔法研究機関イグドラについても聞いたようだ。

私はテイマーの力でダリオンの言葉はわかるけど、ロアがなにを言っているかはわからない。

『ロアは操られていただけで、敵のことはなにも知らない。だが、イグドラとヒルキス帝国のことは許せないと、戦うつもりだそうだ』

「それって、ロアが私たちの味方になってくれるってこと？」

『いや、話し合ったのだが、ノネットとクリフォード以外の人間は、やはり信じられないようだ』

ダリオンから話を聞いていると、私の前にロアがやってくる。

銀色になったダリオンとしか思えない容姿で、私にとってはすごく馴染み深く思えるのだけど、ロアのほうは私のことを警戒している様子だ。

今までイグドラで改造され、魔道具で操られていたのだから、当然だと思う。

それでもロアは私とクリフォード殿下に深く頭を下げた。そして「がうがう」と話すのを、ダリオンが通訳してくれる。

『ロアは二人に感謝を伝えたいようだ』

「当然のことをしただけよ」

「僕もノネットと同じ考えだ。ロアは、これからどうするつもりだい？」

クリフォード殿下が質問して、ダリオンがロアと話す。

『ヒルキス帝国に向かい、他国を襲おうとしているモンスターを狩るそうだ。イグドラとヒルキス帝国を止めたいと言っている』

「ロアだけじゃ、危ないんじゃないかしら」

『もちろん我も説得した。だが、やめそうにない。もしなにかあれば、すぐハーチス王国に来るよう約束してくれた』

ロアは決意に満ちた目をしている。

私たちがヒルキス帝国を倒す時は、全力で協力すると言ってくれたそうだ。

その時を待ちながら、今は帝国の戦力を削るために動きたいということだった。

「ロアは、もう決めたようだね」

ダリオンが言うには、ロアはダリオンと同じく神獣候補として育てられていたらしい。ということは、ダリオンもやはりイグドラで育てられたということなのだろうけれど……

そしてダリオンと並ぶほどの強さがあったらしいのだけど、結局連れていかれたのはダリオンだった。

イグドラは、残ったロアを魔道具の力で人造神獣として改造したようだ。

ダリオンもロアも約三歳。ダリオンはテイマーのスキルで大人の体になったけど、そのダリオンと同じ見た目である理由はそういうことだったのだ。

そんな無理をさせたから、あんな風に死んでしまうところだった……

朽《く》ちようとしていた先ほどのロアを思い出して、強く拳を握る。

今は完治したようで、本当に良かった。

テイマーの力は、私自身の魔法を強化することもできるようだ。

「ノネットの回復魔法は、我の力を凌駕《りょうが》していた。だが、自らの限界を超える魔力を消費したせいで体に負担がかかったのだろう」

クリフォード殿下からも聞いたけど、私は魔力の使いすぎで倒れてしまったようだ。

それは初めての経験で、かなり危険な状態だったらしい。

「ノネットが無事で、本当に良かった」

「あ、ありがとうございます。不安にさせて、申し訳ありません」

「謝る必要はどこにもないし、ノネットは正しいことをしたんだよ」

クリフォード殿下は私を励ましてくれるけど、表情は少し険しい。

本心では、あんな無茶はするべきじゃないと言いたいのかもしれない。

それは、私の考えすぎだろうか？

そんなことを考えていると、会話を聞いていたダリオンが言った。

『あれほどの魔法を使えたのは、おそらくテイマーの力だろう。絶対にロアを助けると、ノネットが強く願ったからだ』

ロアは私を見上げて「グルル」と喉を鳴らすと、私に全身を寄せる。

どうやら、お礼を言いたいようだ。

柔らかい銀色の毛並みが心地好く、普段ダリオンにするようにロアの首筋をわしゃわしゃと撫でる。

――ヒルキス王国にいた頃は使えなかった魔法。

それが、ハーチス王国に来て使えるようになった。

そしてダリオンとの感覚共有や、魔法の強化。

それだけじゃなく、自分自身の魔法も強くなった。

その全てがテイマーのスキルだとすると、この力はどんどん強くなっていっている。

強力すぎるが故のリスクもあるのだと、先ほど倒れたことで痛感した。

意識を失ったことを考えると、スキルの力を使いこなせるのか、不安で仕方ない。

「ノネット、本当に大丈夫かい？」

「は、はい。魔力の使いすぎで倒れるのは初めてだったので、少し困惑していました」

「そうか。僕が力になってほしいと頼んだから、こんなことになってしまった……すまない」

そう言って頭を下げるけど、クリフォード殿下はなにも悪くない。

「頭を上げてください。むしろここに来たことでロアを助けられたんですから、来て良かったと思っています」

『我も同意見だ。ノネットのお陰でロアを救うことができた。奴ら……イグドラとやらは我が絶対に許さん！』

ダリオンが怒るのも無理はない。

自分と同じ境遇だったロアが、あんな目に遭わされていたのだから。

「捕らえたイグドラの奴らはハーチス王国に連行して、尋問することになるだろう」

『我も手伝おう。さあ、もう日が暮れる。悪いが今日はここで野営でもいいだろうか』

ダリオンはロアのそばにいてあげたいようで、私とクリフォード殿下も同意見だ。

ロアは自分を改造したイグドラ、そしてイグドラと協力関係にあるヒルキス王国を潰すまで、戦えるのが自分だけになったとしても戦いたいと言っているらしい。

ダリオンはルゼアの強さを語り、最大限警戒するように伝えた。

『扱える属性が風と火の魔法という以外、ロアの強さは我とそう変わらぬ』

ロアの強さなら、ルゼアを相手にしない限り大丈夫だとダリオンは請け合う。

それでもヒルキス帝国にいれば、いずれ遭遇してしまうんじゃないかと、それだけが不安だった。


木の家で野営をして朝になり、私たちはロアと別れることになった。

危機的状況になったらハーチス王国に来ると再び約束して、ロアは去っていった。

名残惜しさを振り払い、私とクリフォード殿下は、ダリオンの背中に乗った。

私は再びクリフォード殿下との距離の近さに、顔どころか全身が熱くなる。

『ノネットが倒れた時、クリフォードはものすごく取り乱していた』

「そ、そうなの？」

ダリオンは神獣の状態だから、殿下に言葉は伝わっていない。

また私とクリフォード殿下がなにも言わずに気まずい空気が流れているのを見かねたらしくてそんなことを言われたのだけど、私は動揺するしかなかった。

「ノネット、ダリオンはなんて言ったんだい？」

「うぇっ⁉　な、なんでもありません！」

クリフォード殿下は後ろに座っているから、顔を見られなくて良かった。

きっと今の私は、殿下に見せられないような顔をしているに違いない。

「ずいぶんと嬉しそうな声だったから、気になったんだ」

どうやら声だけでバレてしまっていたようで、とっさにごまかす。

「そ、それは……ロアが助かって良かったねって、話してたんです！」

「そうだね。僕としては、ノネットが危ないことをするのはやっぱり反対だけど、ロアが助かったのは本当に良かった」

私を心配しながら、殿下はロアの無事を喜んでくれた。

――やっぱり、クリフォード殿下は優しい。

魔力を使い果たして倒れた時も、クリフォード殿下は私を支えてくれた。

そんなクリフォード殿下の願い通り、ヴェスク王国の危機を救うことができた。

テイマーの力に一抹の不安はあるけど、本来の目的を果たすことができて、良かったと思う。

そう考えていると、背後からクリフォード殿下の声が聞こえる。

「ノネットは、怖くないのかい？」

「怖い、ですか？」

「魔力の使いすぎで倒れるのは、本当に危険なことなんだ。自分が使えないはずの魔法を無理に使えば、命を落とすことだってある」

魔法を使う時に最も危険なのは、制御できずに暴走することだ。けれど、それ以外にも危険はある。

魔力が足りなければ、魔法は発動せずに魔力が周囲に四散するだけ。しかし強い決意を持ち、なにがなんでも使うという思いが過ぎれば、足りない分の魔力を体力で補ってしまい、今日のように倒れてしまう。

「ロアを助けるために命懸けで行動できるノネットは素敵だと思う。だけど僕は、ノネットにはもっと自分を大切にしてほしい」

『確かにそうだな。ハーチス王国に来てからノネットは何事にも積極的になり、魔力も増えたが、今回の件はノネットに頼りすぎてしまった』

「僕も、もっと強くなりたい」

クリフォード殿下には、今のダリオンの声は聞こえていないはずだけど……考えていることは一緒のようだ。

二人は、これから私は頼れる時は頼り、魔法は緊急時にだけ使うべきなのだと諭《さと》した。

それでも、ダリオンとクリフォード殿下が危機にさらされることがあれば、私はどんな目に遭ったとしても動くだろう。

せめてその時が来ないことを祈ることしか、今の私にはできなかった。

私たちがハーチス王国に戻って数日後、ヴェスク王国から連れてきたイグドラ幹部が意識を取り戻した。

ハーチス王国の牢屋に拘束された男は、魔道具で抵抗を封じられ座っている。

この場には私と人の姿をしたダリオン、そしてクリフォード殿下がいた。

「ぐっ、まさか世界最高峰の組織イグドラに所属する最高の幹部である俺が、こんな最低な目に遭うとは……」

「そこまで最高と自負するからには、組織内の情報にもさぞかし詳しいのだろうな？」

「それは――」

「我は、同胞を虐《しいた》げた貴様らを憎んでいる」

男が言い淀んだ瞬間、ダリオンが威圧した。

獰猛な獣の姿ではないけれど、声に魔力を乗せることで人の姿でも相手を圧倒できるらしい。

その声に、男が怯《ひる》む。

「うっ⁉　わっ、わかった！　知っていることは全て話す‼」

そう言ってイグドラについて聞き出したけど……この男は見栄を張っていたようで、幹部といってもそこまでの重要人物ではなかったらしい。

わかったのは、最高幹部が三人いて、その中でも最高位の人物はロードと呼ばれていること。

イグドラは魔法の研究に熱心――といえば聞こえはいいが、各国で危険視されて国を追い出された魔法士が寄り集まってできたのだという。非人道的なことでも魔法研究のためなら構わず行う危険な集団だ。

「幹部である俺も、最高幹部三人の駒でしかない。あの方々は、他国の侵略を命じられた俺に切札を用意してくれた。それがあの、ロアを封じた魔石と操るための杖だったのさ」

「ヒルキス帝国とは、なぜあそこまで協力的な関係なんだ？」

「ルゼア様というとんでもない人がいて、ロード様と仲がいいようだ。それが理由で協力関係にあるらしい」

ルゼアという名前が出てきて、ダリオンの表情がこわばる。

他にもイグドラについて聞いたけど、あとはすでに知っていることばかりだった。

今後のヒルキス帝国の動向はわからず、イグドラの拠点は定期的に変わるそうで、攻め込む糸口はつかめそうにない。

「ヒルキス王国が帝国になった時点で、イグドラの拠点も帝国に移ったようだ。俺も詳しい場所は知らない。街か村に行けば誰かしらイグドラの奴が潜《ひそ》んでいて、俺を見ると最高幹部からの指示を伝えてくれるのさ」

「お前のように囚《とら》われても、情報が漏《も》れないように、か」

「ああ。俺と一緒にいた部下二人はもうイグドラの記憶すらないだろうぜ」

魔法研究機関イグドラの魔道具なら、記憶を操ることも可能ということか。

「協力関係と言ったが、イグドラの連中は他国の侵攻にも協力しているのか？」

「それは戦いたい奴だけだ。俺たちはその名の通り魔法を研究する機関だぜ。戦わず、魔法を研究する奴らがほとんどだ」

「そいつらは今、なにをしている？」

「神獣の結界――聖域の力を無力化する方法を研究中だ。完成したらこの国、ハーチス王国を攻め落とすつもりでな」

「……なんだと？」

「聖域の力を、無力化する？」

私たちは今ハーチス王国にいて、この国はダリオンの聖域で守られている。

聖域の中ではモンスターやダリオンが視認した敵の力を弱体化することができるから、ヒルキス帝国は仕掛けてこない。

そう考えていたけど、ルゼアはイグドラを使い聖域を無力化しようと目論《もくろ》んでいるようだ。

「あの国には一度神獣が結界を張っているから聖域の情報がある。お前らはバレてないつもりだったのかもしれないが、最初の襲撃でここには被害がほとんどなかったから、この国に神獣がいることはお見通しだったぜ。……俺が何故こんな大事なことを教えてやったかわかるか？　ハーチス王国が滅ぶのは、時間の問題だからだよ！　ハハハ！」

男は不愉快な声を上げ、私たちを嘲笑《あざわら》う。

「……最後に聞かせてください。ルゼア王子が私を殺したがっているというのは？」

「さあな。ルゼア様のお考えは俺にはわからん。……だが、神獣とテイマーのスキル持ちは、世界を変える力を持つ、と聞いたことがある。そこまで生きていられるといいなあ？」

男の言葉に、私は耳を疑った。

ダリオンとクリフォード殿下が私を男から遠ざけ、部屋の隅に固まり小声で相談する。

「腐っても幹部と言うだけあって、それなりの収穫はあったね。イグドラは今、ヒルキス帝国を拠点にしていて、聖域を無力化する方法の解明に専念している、と……」

「そうだな」

聖域が無力化されれば、私たちは一気に追い詰められてしまう。

それでもクリフォード殿下はあまり焦っていないようだから、なにか策があるのかもしれない。

「それにしても、神獣とテイマーは世界を変える力がある、か……」

「ベルナルドはノネットを捕らえたいようだが、ルゼアが殺すように命じている、か――やはり我々の力が、奴らにとって邪魔になるということなのだろうな」

テイマーの力のすごさは、私も昨日実感したけれど、世界を変える、とまでは思わなかった。

やっぱり、この力が邪魔だから、ルゼア王子は私を狙っているのだろうか。

クリフォード殿下が、震える私の手を取って話す。

「君に世界を変えるほどの力があるとしても、僕に君を守らせてほしい」

「クリフォード殿下?」

「まだ実力不足なのはわかっているけど、僕は君の力になりたい」

私のほうが、クリフォード殿下の力になりたいとずっと思っていたのに、クリフォード殿下にそんなことを言われる日が来るなんて、思ってもみなかった。

「クリフォード殿下。ありがとうございます」

私はこの人が――クリフォード殿下が好きだ。

自覚がなかったわけじゃない。だけど、殿下に力になりたいと言ってもらって、嬉しくて、涙が出そうになる。

私は平民で、クリフォード殿下は王子。恋人にはなれないし、きっといつまでも一緒にいられるわけじゃない。

だからこの気持ちは内に秘めるしかなくて――それでも、今そばにいてくれるだけでも、私は幸せだ。

一度深呼吸をして、気を取り直す。

牢から出ようとした時、イグドラの男がダリオンを見てぼそっと呟いた。

「俺は一度、ルゼア様に会ったことがあるが……ルゼア様の威圧のほうが、強烈だったな」

「……なに？」

「とんでもない人だと言っただろ。ルゼア様はイグドラ最高幹部と同等……いや、それ以上の力を持っているお方だ」

「貴様は、なにが言いたい？」

「俺が見た限り、神獣のお前とロアは互角だった。その程度の力ではルゼア様に絶対勝てない。それだけは断言できるぜ」

男は、そんなことを言い出した。

それが本当なら、いったいどうやって戦えというのだろう。

神童ルゼアと、世界最高峰の魔法研究機関イグドラ。

他国を侵略して規模を増すヒルキス帝国。

時間が経てば経つほど、事態は悪くなっていく。

不安になっていると、クリフォード殿下が告げた。

「ヒルキス帝国は世界を支配しようと目論《もくろ》み、人々を苦しめている。僕たちは負けるわけにはいかない」

「っ……はい！」

今回の戦いで、初めてイグドラの人間と直接対峙したけど、ダリオンと私が力を合わせれば、勝てない相手ではなかった。

「私がこのスキルを使いこなせば、ルゼアにだって――」

決意を新たに、私は自分を奮《ふる》い立たせる。

そして――隣には、そんな私を寂しそうに眺めるクリフォード殿下の姿があった。


私とダリオンは部屋に戻って、ダリオンは人化の魔法を解除する。

クリフォード殿下は今回の遠征のことを国王に報告するみたいで、私たちの今後の指針についても考えてくれるようだ。

『クリフォードの奴、やけに冷静だったが、なにか策があるのだろうか』

「……うん、クリフォード殿下に任せておけば、大丈夫に決まってるよ」

私は断言しながら、ダリオンのもふもふした毛を撫でる。

ダリオンは尻尾を振って上機嫌だ。

きっと大丈夫。そう信じたいけれど、私は先ほどクリフォード殿下が見せた悲しげな瞳が気になっていた。

私が強くなれば、ハーチス王国だけでなく、ヒルキス帝国に苦しめられている人々も救えるかもしれない。

殿下だってそれを望んでいないはずないのに、少し過保護すぎるんじゃないだろうか。

そんなことを考えていると、ダリオンが私の手に鼻面をぐりぐりと擦りつける。

『ノネット、我にとっても一番大切なのはノネットだ。たとえノネットが世界を救おうと、その世界にノネットがいなければ意味はない』

「ダリオン……」

『クリフォードとて同じだ。そこにある感情が、我と同じものかはわからないが』

「……」

それは、どういう意味だろう。

ダリオンは私に向けられる感情を感じとることができるはずなのに、そこは言ってくれないみたい。けれどそれがどんなものだったとしても、私はクリフォード殿下が大切だから、殿下が守りたいと思うものを私も守りたい。

「テイマーのスキルと神獣には、世界を大きく変える力がある……確かに、イグドラの人たちを倒した時といい、ロアの時といい、なにか大きな力が働いているような気がする」

『あの時、我の体にとてつもない魔力が流れてきた。ノネットがロアに放った回復魔法も、我とは比べ物にならない力だった』

魔力量だけは膨大だと言われ続けた私が、意識を失い倒れるほどの魔法。

あれがテイマーのスキルの、本来の力なのだろうか——？

『ノネット。もうわかっていると思うが、膨大な魔力を使えば、体に大きな負担がかかる。本来そんなことをしようとすれば、体が危険を感じて警告を出すはずだ。だからノネット、少しでもおかしいと感じたら、すぐに止めてくれ』

ロアに魔法を使った時は無我夢中で、警告なんて感じなかった。

ダリオンが私を心配してくれるのはわかるけど、私は首を左右に振る。

「気をつけるけど……ロアの時みたいに、私にしか解決できない状況が来たら、きっと動いちゃうと思う」

『そうか。それは、クリフォードのためか？』

「えっ!? そ、そうね」

いきなりダリオンに言われて、私は顔が真っ赤になっていくのを自覚した。

そんな私を、ダリオンはじっと見つめる。

『ノネットは現状維持でいいと決めているようだが……本当にいいのか？』

どうやら私の態度で、ダリオンはおおかた察しているらしい。

こうして本心を言えるのはダリオンだけだなあ、なんて思いながら、私はうなずいた。

「私は、クリフォード殿下のことが好き。だけど——私は平民で、クリフォード殿下は王子。今は緊急事態だからこうやって一緒にいるけど、いつまでもこのままではいられない。だから、この想いはこのまましまっておくの」

『そうか。ノネットがそう言うのなら我はなにも言わないが……力になれそうなことがあれば、なんでも言ってくれ』

真剣な眼差しで、ダリオンはそう言ってくれた。

翌日——私は城の地下室で、魔法の訓練をしていた。

人の姿のダリオンと、立ち会いのクリフォード殿下は、心配そうに見ている。

「ノネット。僕は、やはり魔法はあまり使うべきではないと思う」

「ノネットを危険に晒《さら》したくないという意味では我も同意見だ。だが、魔法を使えば魔力は上昇する。こうしていざという時に備えておくのも大事なことだ」

「それは——そうだね」

殿下はダリオンの言葉にうなずきながらも、まだなにか言いたそうにこちらを見ていた。

私もクリフォード殿下を心配させたいわけではない。

それでも、あのイグドラの男の話を聞いた時、私も強くならなければいけないと思ったのだ。

「このまま、ヒルキス帝国の思い通りになんてさせたくないですから！」

あのイグドラの男は、ダリオンはルゼアに勝てない、と言っていた。

それほどの相手と戦うために、できることはなんでもしておきたい。

「我がヒルキス王国で感じていたルゼアの魔力は、抑えた状態だったのかもしれん……」

「その時点でダリオンと同等だったというのであれば、本気を出したルゼアはまさしく世界最強の人間と言えるかもしれない」

クリフォード殿下が呆然とする中、私はうなずく。

「それに、あの男の話が本当なら、イグドラが聖域を無力化する方法を発見し次第、ヒルキス帝国はこの国に乗り込んでくるはずです」

聖域を無力化して、ハーチス王国へ攻め込む――その計画が本当なら、あの男の言った通り、私とダリオンがここにいることは、もうとっくにヒルキス帝国にバレてしまっている。

ルゼアとの戦いは避けられないだろう。

――ハーチス王国が、ヒルキス帝国に占拠されるだなんて絶対に嫌だ。

対抗できる手段があるのなら、私はできるだけのことをしておきたかった。

◇◆◇

ノネットとダリオンが国を出て、二ヶ月が経っていた。

ヒルキス帝国、王の間。そこで一人、玉座に座るベルナルドは、呆然と天井を眺める。

「たった二ヶ月で、ここまで変わってしまうのか――」

王子として平穏に生きていたベルナルドは、今までのことがたった二ヶ月の間に起きたことなのかと驚いていた。

神獣ダリオンが城から出ていき、父上の死によって国王となることができた。

そして王国はヒルキス帝国となって、他国の侵略を続けている。

そして——婚約者のリーシェ。

彼女はある日から、もの言わぬ人形のようになっていた。

ダリオンに襲われたショックだということになっているが、実際は違う。

その元凶を知っているベルナルドは、頭を抱えた。

「婚約者のことは許すと言っていたのに……ルゼアの奴、リーシェになにをしたんだ⁉」

今のリーシェは、話しかけてもなんの反応も示さない。けれど、ルゼアの名前を出した時だけは別だった。

手で耳を塞ぎ、全身を震わせ、目を見開く。

ベルナルドの姿を見ると、その姿にルゼアの面影を感じるのか、怯えて叫び出しすらするようになった。

ルゼアが彼女になにかをしたことはわかるが、それがなんなのか、ベルナルドには見当もつかない。

今のリーシェは呆然と窓の景色を眺め、ただ生きているだけだった。

「リーシェ——ノネットを追い出さなければ、君はそばにいてくれたのか……？　君の身に、いったいなにが起きたというんだ……クソッ！」

ノネットとダリオンがいたからこそ、ルゼアの行動を抑制できていたのではないかと、ベルナルドは思う。

それほどルゼアの行動力は恐ろしい。

あのルゼアの障害となりうるのは、神獣ダリオンだけだろう。

自分が近ごろ精神的に参っているのを自覚しているベルナルドは、後悔とともに呟く。

その時、ベルナルドしかいないはずの王の間に、足音が響いた。

「ベルナルド様は、ルゼア様の行動に参っているようですね」

「お、お前は――」

「こうしてお話しするのは初めてですね。イグドラ最高幹部にして首領、ロードと申します」

先ほどまでは誰もいなかったはずの場所に青年が現れ、ベルナルドの前で一礼した。

眼鏡をかけ、白い髪を後ろに撫でつけた長身の青年には、見覚えがあった。

魔法研究機関イグドラの首領……ロードと呼ばれている彼は、三人いるというイグドラ最高幹部の中でも頂点に立つ存在らしい。

豪華な司祭服をまとい、先端に宝石をつけた、肩まである杖を突いている。

風格を漂わせる青年ロードは、ベルナルドに言った。

「ルゼア様に護衛を命じられ、今まで潜《ひそ》んでいたのですが……ベルナルド様の問いに答えたくなって、出てきてしまいました。このことはどうかご内密にお願いします」

そう言って、ロードは小さな水晶のようなものを取り出す。これで姿を消していたのだろう。

「っ！　リーシェのことについて、なにか知っているのか⁉」

「その前にお約束を――ベルナルド様の呟きを盗み聞きしたことは、ルゼア様には言わないでくださいね。本当に殺されてしまいます……あの方はベルナルド様に無礼を働いた者には、誰だろうと容赦しませんから」

「ルゼアは、イグドラのトップである貴様でも恐れるほどなのか……わかった、約束しよう」

ベルナルドはうなずく。

あまり表情は変わっていないが、少なからず安堵した様子で、ロードが言う。

「ありがとうございます。……ルゼア様は、知っての通り膨大な魔力の持ち主です。そしてその扱いにも長けている。魔力を、視線や声に込めて、相手を威圧し抵抗できなくさせること、意のままに操ることすら可能なのです」

「リーシェは、ルゼアの魔力で操られていると？」

「いいえ、魔力の低い者は、ルゼア様の魔力に耐え切れず、心を壊してしまうのです」

ロードの説明を聞き、ベルナルドは納得する。

「そうか……やはり、リーシェは、ルゼアに……」

「はい。ルゼア様がリーシェ様を操ろうとしたのか、あるいは不要だと判断して壊してしまったのか、それは私にはわかりかねますが」

婚約者の心は弟によって破壊された。

そのことがわかっても、ベルナルドがルゼアになにか言うことなどできはしない。

ベルナルドは、ロードに向き直る。

「それで、俺の独り言の相手をするためだけに現れたわけではないのだろう。イグドラのトップが、俺になんの用だ？」

「いいえ、本当に問いに答えたくなっただけですよ。私はルゼア様の代わりにベルナルド様の護衛を務めているだけですから」

護衛という発言が気になり、ベルナルドが尋ねる。

「最近ルゼアの姿が見えないが、なにをしている？」

「様々なことですよ。我々イグドラも、精一杯お手伝いしております。イグドラは、ルゼア様の支配下にありますからね」

「……どうしてイグドラは、ルゼアにそこまで協力する？」

ロードは支配と言ったが、どうしてそうなるのかベルナルドにはわからなかった。

ロードは眼鏡を指で上げる。

「私はルゼア様に『兄様の機嫌を損ねるな』とご命令を受けています。ご質問にはお答えしなければなりません」

そしてベルナルドは——ルゼアと魔法研究機関イグドラとの関係を知ることとなった。

「まず始めにベルナルド様のお父上——元国王が、イグドラを支援していたことから説明いたしましょう」

「父上が金や魔鉱石、あるいは魔力を持つ子どもをイグドラに流し、イグドラは魔道具を我が国に提供していた――ということは聞いている」

それは王宮でも一部の者だけが知る、ヒルキス王国の闇の部分。

イグドラが冒険者ギルドに睨《にら》まれていることもあって、他言無用のことだった。

誰かに知られれば、イグドラの魔道具で記憶を消す。

記憶操作の魔道具は、悪用防止のために作成も所持も禁じられたものだったが、国王は秘密裏に使用していた。

「そして五年ほど前――第二王子ルゼアの矯正を、私たちは頼まれました」

「矯正……!?」

それはベルナルドにとって初耳のことだった。

しかし、思い起こせば子どもだった頃のルゼアは、今とは少し違っていた。

常にベルナルドのために行動し、障害は蹴散らす――そういった点は変わっていないが、かつては今ほどに冷酷な、得体のしれない存在ではなかった。

当時幼かったベルナルドは手駒にするためという理由ではあったが、ことあるごとにルゼアを褒め、大切に扱っていた。あの時の幸せそうな顔は、今でも覚えている。

けれどその分感情的で、怒ったり泣いたりと、一度感情が昂《たかぶ》るとベルナルド以外では鎮《しず》めることができず、国王も手を焼いていた。

どうやら国王はそんなルゼアを見て、イグドラで対処すべきだと判断したようだ。

「ルゼア様は『これもベルナルド様のため』と国王陛下に言いくるめられ、そして私たちの魔道具による手術が始まりました」

「手術……それは、感情を抑えるためのものか？」

「説明が難しいですね……感情を抑えるために、私たちが取った手段は思考力を高めることでした。元々賢い方でしたから、我々は、ただルゼア様の持つお力を解放すればいい、そう思ったのです。それが、あんなものを生み出してしまうとは……」

ベルナルドは、ルゼアの変化を思い返す。

（確かに五年ほど前、ある時を境にルゼアは急に大人しくなった気がする。あれは成長して落ち着いただけだと思っていたが……）

「あの頃の私は、ルゼア様の膨大な魔力に感激し、いい実験材料が手に入ったと大変喜んでおりました。当時のルゼア様の観察結果は『人とは違う強大な力を持つことに悩み、才能に振り回される子ども』にすぎなかったのです」

ベルナルドにとっても、その認識は変わらない。

だからこそ、いずれ自らの道具として意のままに扱えるよう、優しい言葉をかけて依存させようとした。

だが兄のために暴走し、見かねた父がイグドラで矯正させようとした結果――今のルゼアが生まれてしまった。

「正直に言いますと、私はルゼア様の才能に惹かれて手駒にしようとしていたのですが……手術によって力を解放されたルゼア様にその計画を知られ、あの魔力で操られ、威圧され、イグドラのほうが利用されることとなってしまったのですよ」

「貴様、今とんでもないことを言ったな」

「あの頃ヒルキス王国には神獣の恩恵などなく、いくつもある協力国のひとつでしたからね。まさかこうして支配されることになるとは思いませんでした」

両手を上げて降参だとジェスチャーするロードは、どこか楽しそうに見える。

ベルナルドから見ても、イグドラはろくでもない組織だ。

欲張りすぎてルゼアに支配されたのなら、自業自得のようにも思われた。

「ルゼア様の実験は成功、いいえ、それ以上の力を得ることができました。そして魔法研究機関イグドラは、ルゼア様に従うようになったのです」

最初はただの実験材料としか考えていなかったルゼアに、逆に掌握されてしまった。

それはロードにとって誤算だったはずだ。

ルゼアがイグドラを手駒のように扱うようになった経緯を知り、ベルナルドは問いかけた。

「イグドラがルゼアに従順な理由はわかった。だが、首領であるロード、貴様はそれでいいのか？」

自業自得とはいえ、イグドラのトップであるロードとしては、自らの組織が年端《としは》もいかぬ子供に蹂躙《じゅうりん》されるのは気に入らないだろう。

それなのに、今のロードはルゼアの指示に諾々《だくだく》と従うのみだ。

その気になれば、ベルナルドを人質にとり、ルゼアを脅《おど》すことも可能だろう。

なぜその手段を取ろうとせず、ベルナルドの前に姿を現し、こんな話をしているのか。

なにか理由があるのではないかと尋ねると、ロードは口元を緩める。

「ふふっ、むしろ私は、今の状況が堪らなく嬉しいのです」

「嬉しい？　貴様は組織を乗っ取られたようなものだろう。それなのに、なぜだ？」

「ベルナルド様も、ルゼア様のお力をわかっているでしょう？　人間を意のままに操る力、他国を圧倒し蹂躙《じゅうりん》する知略――そしてなにより、実の父を殺害し、新たな国王となった兄の偉大さを知らしめるためだけに帝国を作るなど、常人ではありえない！　あれだけの強い意志を持った存在を、我々は作り出しました。ルゼア様は、私の最高傑作なのですよ！」

――最高傑作。

ベルナルドは眉をひそめる。

「ベルナルド様――神獣の伝承は、事実が年月によって歪曲《わいきょく》されたものです」

「そ、そうなのか？」

急に神獣の話になったことで、ベルナルドは面食らう。

「テイマーのスキルと神獣が持つ力の真実は、我々イグドラと、一部の歴史ある組織しか知りません。その強すぎる力が、現実を直視できない愚か者たちをして、過去を変えさせたのです！」

表情はあまり変わらないが、声に興奮を乗せてロードが話す。

「ルゼア様も同じです。私は、神童ルゼア様の覇道をこの目で見たいのですよ！」

そして協力関係となり――協力というよりも、ルゼアに力で支配されることを望んだ。

「魔力に長けた者は異常者が多いと聞くが、貴様もそのたぐいだな」

「そうでもなければ、魔法を研究する犯罪組織の長なんて務まりませんよ。ルゼア様は、神獣を遥かに凌《しの》ぐ力を持っています」

そう言って、ロードが杖を床に叩きつけると、先端の球体が光り出した。

光はベルナルドの正面で光の板と化し、そこに映像が映し出される。

「映像を見せる魔法か。かなりの高等魔法だと聞くが……杖の力か？」

「その通りでございます。私の膨大な魔法知識を、この杖が補助してくれます」

ベルナルドが画面に注目すると、平原の映像が流れる。

王宮を歩いていて見覚えのある服――イグドラの魔法士のローブを着た者たちが、ダリオンに似た銀色のライガーに倒されていた。

「なんだ、こいつは？」

「これはロア――イグドラの実験動物で、神獣ダリオンと同等の力があります」

そう言われて、ベルナルドは二年前の出来事を思い出す。

神獣候補として連れてこられた、名前のない二頭のライガー。

金色と銀色の毛並みで、金色はノネットがダリオンと名づけた。

銀色のほうはイグドラに戻されたが、そのまま実験に使われていたらしい。

「そのロアが、なぜイグドラの者たちと戦っている？」

「私たちが管理していたのですが、一ヶ月前に逃げられてしまいましてね。これは二週間ほど前、ヒルキス帝国から隣国にモンスターを攻め込ませようとした折、それを指揮していたイグドラ幹部がロアに襲われた時の映像です」

ロードによれば、ロアは逃げ出した後、イグドラが操るモンスターを倒して回っているそうだ。

そのせいで戦力が削られ、侵略計画が予定より遅れているらしい。

「ルゼア様の力に降伏して手下となった冒険者たちに退治させても良かったのですが、私たちとしては再度捕獲したいと思いまして」

どうやらロードはこれから起こることを見せたかったようだ。

音までは再現できないようだが、映像の中のロアが激昂《げっこう》しているのは間違いない。

咆哮《ほうこう》を上げながらものすごい勢いで突進してくるロアは、一人の小柄な少年に止められた。

美しく結んだ金色の髪――ルゼアだ。

激昂《げっこう》していたロアの表情が歪み、明らかに怯えた様子で後ろへ飛び退《の》く。

ルゼアを近寄らせまいとロアは暴風を発生させ、方向を変えて駆け出す。

けれどルゼアは暴風の中を平然と走り、ロアの頭を掴んで地面に叩きつけた。

衝撃で大地が抉《えぐ》れ、ロアは地に伏し――映像はそこで途切れる。

「人為的に作り出した疑似神獣とはいえ、ロアもルゼア様の前では無力でした」

「これほど、とは……」

ルゼアの力は知っているつもりだったが、ベルナルドが実戦を見るのは初めてだ。

想像を絶するその強さに、絶句するしかない。

「ロアはどこかへ逃げようとしていました。方角的に神獣ダリオンを頼り、ハーチス王国を目指そうとしたのか……そうなっていたら、危ないところでした」

「危ない？　今さらダリオンとあのロアが協力したところで、ルゼアに勝てるわけがないだろう」

映像を見ると、どうしようもないほどの力の差があった。

それなのに神獣を警戒している様子のロードが、ベルナルドには理解できない。

「私も、テイマーのスキルと神獣について知らなければそう思っていたでしょう。しかし彼らの真の力が解放されれば、たとえルゼア様でも敗れることになるかもしれません」

「……はっ？　あのルゼアがか？」

「はい。向こうは力について理解していないので、まだ能力を引き出せていませんがね。だが今のままでも、聖域の力は侮《あなど》れません」

ルゼアは神獣を遥かに凌駕《りょうが》する力を持っていると、ロードは言った。

しかし神獣とテイマーのスキルが持つ真の力が目覚めれば、逆転するかもしれない。ベルナルドは戸惑いを隠せなかった。

「ルゼアがハーチス王国を狙わないのは、聖域の力を危惧《きぐ》してのものか」

「最大限に警戒しているからこそ、まずは聖域を無力化する方法を私たちイグドラに探らせています。聖域を無力化し、テイマーと神獣さえ倒せば、世界を手中にしたも同然です。ルゼア様からベルナルド様、貴方への贈り物ですよ」

ロアを殺さずに捕獲したのも、聖域の研究に必要だからなのだという。

研究は順調に進んでいて、もうすぐ聖域の無力化も可能になるようだ。

ロードの話が終わり、ベルナルドは尋ねる。

「……ルゼアは、なぜ俺にそこまでする？」

「それは、先ほど説明したはずです」

「いや、おかしいだろう……あれほどの強さがあるのに、どうしてなんの力も持たない俺をそこまで慕う⁉」

ロアとルゼアの戦いを映像で見たことで、ベルナルドは本音をぶちまける。

血を分けた兄弟でありながら、力の差がありすぎる。人としての格が違いすぎる。

幼い頃から敬愛していたとしても、その熱は冷めるはずだ。

ベルナルドの叫びを聞いて、ロードが口元に手をやって考えるそぶりをする。

「そうですね……ルゼア様がベルナルド様に忠誠を誓ったのは、子どもの頃でしょう」

「確かに、かつては俺の手駒にしようと優しく接していたが……」

ルゼアにも、幼い頃のベルナルドの発言が理由だと言われた。

だが、それだけで父を殺害し、世界を支配しようとまでするだろうか。

ベルナルドには理解できなかった。

「イグドラに来る前のルゼア様は膨大な魔力を抑えることができず、ベルナルド様以外の人間はルゼア様を恐れ、遠ざけていたそうですね」

「……言われてみれば、そうかもしれない」

ロードに言われるまで、考えたこともなかった。

幼い頃、ルゼアは自らの魔力を制御できなかった。

その周囲には漏《も》れ出た魔力が毒の霧のように広がり、父や母ですら近寄らなかった。

護衛をつけることすらできず、ルゼアはいつも独りきりだった。

そんな中、その凶悪な魔力を受けても、ベルナルドだけは平然としていた。

それは兄弟だからなのか、なにか違う理由があるのかはわからない。

「ルゼア様に怯えることない精神。それこそが、ベルナルド様の才能なのかもしれません」

「俺の、才能だと？」

「はい。誰であれルゼア様を見ればその力を恐れます。けれど貴方だけは唯一、ルゼア様に弟として接しておられる。ルゼア様が心の底から兄を慕う理由は、そこにあるのでしょう」

ベルナルドはかつて自らが言い、そしてルゼアに言われた言葉を思い出す。

『ルゼアよ、お前は王になるな。才能に恵まれたお前は、王になった俺のそばで、一生俺を支え続けてほしい』

利用しようと優しさを装ってかけた言葉が、孤立していたルゼアにとって、一番欲しかった言葉だったのかもしれない。

ベルナルドは、全て自分のせいだったのだと理解した。

「俺は……どうすればいい？」

「ベルナルド様の好きにすればいいではありませんか。ベルナルド様のご意志こそが、この帝国の全てなのですから」

ベルナルドが求めていた返答ではなかったが、聞きたかった言葉ではある。

こうなった原因はベルナルドにあり、そして今、ヒルキス帝国はベルナルドの手にある。

「俺の好きにすればいい。か……」

ベルナルドの脳裏に、ある考えがひらめいた。

「ルゼアが俺に絶対の忠誠心を抱いているなら、それを利用してやればいい。簡単なことじゃないか！」

そう叫んだベルナルドを、ロードは楽しげに眺めていた。

第四章　テイマースキル

私がヒルキス王国から追い出されて、二ヶ月が経っていた。

普段は城の地下室でダリオンと魔法の特訓をしているけど、今日はクリフォード殿下がいないから地下室は使えない。

私たちは、外で魔法を試すことにした。

ダリオンに乗ってモンスターが生息する森に入り、人の姿になったダリオンと歩いている。

木々の少ない道を選んで歩いていると、ダリオンが私に言う。

「魔法に関する知識は十分に学んだ。だが実戦経験が足りない。魔力を使いすぎないよう調整するためにもな」

私がテイマーの力に耐え切れず、膨大な魔力を消費して倒れることを、ダリオンとクリフォード殿下は心配してくれる。

ヒルキス帝国が本当に聖域の力を無力化できるようになれば、すぐにもハーチス王国に魔の手を伸ばすだろう。

魔法研究機関イグドラと、ダリオンをも凌《しの》ぐという神童ルゼア。

その脅威に対抗できるのは、私が持つテイマースキルしかない。

イグドラ幹部と戦った時に、テイマーのスキルが持つ力の一端を体感した。

あの感覚を思い返して力を使いこなせるようにならないと、ヒルキス帝国には勝てない。

「私一人でモンスターと戦ってみるから、ダリオンは見てて！」

「わかった。だが、危険な状況になったらすぐに止めるぞ」

そう言ってダリオンから少し離れると、木々の間から猪型のモンスターが現れた。

私は軽く風の刃を飛ばして、猪を挑発する。すると猪は私のほうに目を向け、一気に戦闘態勢に入り、荒い息を吐きながら接近する。

「ここで怯えて魔法が使えなければ、本当に危険な時にも対処できない」

ハーチス王国――クリフォード殿下のためにも、私は一人で倒してみせる。

そう決意して、私は右の手の平から風の魔法を放った。

暴風が発生し、モンスターを撃退するとともに、前方にあった木々が大量に砕けていく。

「――ノネット⁉」

私はモンスターを倒すことよりも、クリフォード殿下の力になりたいという一心で魔法を放った。

全身の魔力がごっそりなくなったのがわかる。

私の風魔法は、ダリオンのものを凌駕《りょうが》する威力だった。

加減を考えていなかったせいでかなりの魔力を使ってしまったけど、自分の中に感じる魔力の量を思うと、まだ二回くらいはできそうだ。

近づいてきたダリオンに、私は息を切らしつつも微笑みを浮かべる。

「だ、大丈夫。それより……このテイマースキルの力って、なんなのかな？」

「我にもわからぬ。クリフォードも調査してくれているようだが」

「前に会ったユリウスさんの話で、冒険者ギルドならなにかわかるかもって殿下には伝えてあるけど……ギルドは協力してくれるかな」

私たちがハーチス王国に来た頃から、クリフォード殿下は、テイマーのスキルについて調べていた。

なにか収穫がないか、聞いてみよう。


森での戦闘を終えて、城に戻った私とダリオンはクリフォード殿下の部屋に向かう。

あれからモンスターたちは私の魔法に恐れをなして姿をくらましてしまい、結局戦ったのはあの猪一頭だけ。

そもそも聖域の力で弱くなっていたからかもしれないけど。

夕方になり、用事を全て終えていたようで、部屋にはクリフォード殿下がいた。

「ノネット！　今日は外で魔法の特訓をしていたと聞いたけど、大丈夫だったかい？　前に一人でモンスターと戦ってみたいと言ってたけど……」

クリフォード殿下は、開口一番私の心配をしてくれた。

それがとてつもなく嬉しくて、私は勢いよくうなずく。

「はい！　接近されたら危険だと思って、風魔法で吹き飛ばそうとしたら……ちょっと威力が出すぎてしまいまして」

「我が全力で使う魔法よりも強力だった。ノネットはそれでもあと二度は使えると言っていたから、魔力量はもはや我を凌駕《りょうが》している」

「そっか。……魔法を使い続けることで、魔力量がさらに増えているのかもしれないね」

ヒルキス帝国を実質的に率いる神童ルゼアは、ダリオンでも敵わないほどの強さだと聞いている。ダリオンを凌駕《りょうが》する魔法を使えるのなら、そのルゼアに対抗することができるかもしれない。

「あの、クリフォード殿下。テイマースキルについて調査をしてくださっていたと思うんですが、なにかわかりましたか？」

「ああ。ノネットとダリオンに聞いた通り、冒険者ギルドはテイマースキルと神獣について知っているようだよ」

「もしや昔、冒険者ギルドに神獣がいたのか？」

「わからないけど、その可能性が高そうだ。僕も、今日は二人に話さなければならないことがあってね」

「えっ？」

「ノネットとダリオンは、僕を助けた冒険者の仲間として城に招待されたと言ったよね。覚えているかい？」

「はい。それで皆さんには良くしてもらってます」

神獣であるという真実を隠すため、冒険者と偽って城にかくまってもらった私たち。

その後、モンスターの大軍を倒した私たちは、名実ともにこの国を守る冒険者として城に住み続けている。

「そのことなんだけど、城の皆が君たち二人をすぐに受け入れてくれたのは、城を拠点にしている冒険者が、他にも何組かいるからなんだ」

「この国は、外から訪れる冒険者が多いですからね」

「そして明日、ミリーとジャックという姉弟が城にやってくる。冒険者の中でもトップクラスの実力を持つ二人で、実はノネットが来てくれた頃からテイマースキルと神獣について調べてほしいと頼んでおいたんだ」

ミリーとジャック。会ったことはないけど、その名前はこの国に来てから噂に聞いたことがある。

「そのお二人は、どのような方なのですか？」

「うーん……破天荒な姉と、しっかり者の弟って感じかな。二人は冒険者の中でもかなりの凄腕だから、期待していていいと思う。特にミリーの実力はすごい。僕が保証するよ」

殿下の口ぶりから、私はその姉弟——特に姉のほうが気になった。

よくこの城に来ている女性。クリフォード殿下とは、仲がいいのだろうか。

「あの、その、ミリーさんとクリフォード殿下はええと、特別な関係だったり……？」

つい口に出てしまった。

いや、これは聞かなかったら気になって眠れなくなりそうだから、きっと私の行動は間違ってない、はず——！

そんなことをうだうだと思っていると、クリフォード殿下は楽しげに微笑む。

「ははっ！　なにもないさ。彼女のほうも、僕のことはただの弟子としか思っていないだろうね」

「ミリーというのは、クリフォードの師匠なのか？」

「前にミリーが城にいた時に『暇だから鍛えてやる』って言われてね。そのお陰でこうしてある程度戦えるようになれたし、感謝しているよ」

王家の人間に対して、なんて大胆な……

ミリーのほうからクリフォード殿下を誘ったということは、もしかして気があったりするのだろうか。

冒険者はだいたい平民だけど、クリフォード殿下と対等に話して、しかも師匠になっているだなんて、すごいとしか言いようがない。

私も――殿下に、もっと積極的になってもいいのだろうか？

でも、実際に動くのはできそうにない。

冒険者のミリー。

いったいどんな人なのか、会ってみたいと思った。

話を聞いた後、私とダリオンは、クリフォード殿下と別れて部屋に戻っていた。

神獣の姿に戻ったダリオンのもふもふの毛並みを、私はくしで優しく梳《と》かす。

そうしていると落ち着いた気持ちになってくる。

「クリフォード殿下が言ってた二人とは明日会えるみたいだけど……ダリオン、警戒してる？」

話を聞いてから空気が変わった気がして尋ねてみると、ダリオンはうなずく。

『そうだな。我々の力について知っているというのであれば心強いが、それだけ恐ろしくもある。もし敵に回るなら……それ相応の対応をしなければならない』

確かに、私たちにとってテイマーのスキルと神獣の力については未知のことが多い。それを知る人間がもしも敵に回ったらと思うと、それはとても怖いことだ。

「うん。どんな人なのかな……ミリーさん」

『クリフォードはなにもないと言っていたが、クリフォードと親しいというのは気になるか』

……そう言われると、やっぱり気になってしまう。

「気になるっていうか……ほら、冒険者なら私と同じ平民のはずでしょ？　それが王家の人を弟子にするなんて、すごいなって、ね？」

『ノネットはミリーに嫉妬しているのかと思っていたが、平民の部分が気になっていたのか』

そう言われて、確かにクリフォード殿下とミリーの関係が気にならないと言えば嘘になるが、それよりもむしろ、おそらく私と同じ平民という立場で、自由に生きている人がいることを知った驚きのほうが、今は大きい。

「嫉妬……が、ないわけじゃないと思うけど、まだ会っていないからかも」

『そうだな。我としては、その冒険者について話すクリフォードのほうが気になったが』

「クリフォード殿下に、なにかあったの？」

私は一瞬で興味が移る。

ダリオンには、私に対する他者の感情がわかる。

なにか気になることがあったのだろう。ダリオンが不安そうな唸り声を上げた。

『いや、ノネットを心配しているような感情が見えたのだが……テイマーのスキルと神獣の力についてわかるのであれば、もっと喜びそうなものなのに、なぜあんなに不安そうだったのかわからなくてな』

「心配……確かに、クリフォード殿下は優しいけど、ちょっと過保護すぎるような気もするよね」

それはそれで、嬉しいけど。

魔法を習得しようとした時、冒険者として戦いに赴《おもむ》くことになった時、そして、ロアを治して倒れた時。クリフォード殿下は私のことをすごく心配してくれた。

けれど今思うと、初めから私が魔法を使うこと自体を不安視して、反対していたわけで……まさかテイマーのスキルの危険性について知っていたわけじゃないだろうから、なにか他に理由があるんだろうか。

魔法絡みで、過去になにかあった、とか。

クリフォード殿下の過去のことを尋ねたことはない。

いくら毎日のように話をして打ち解けたとはいえ、そこまで踏み込んでいいものかわからなくて、聞けなかった。

「ミリーとジャックなら、なにか知ってるかな？」

『どうだろうな。とにかく、会ってから考えるべきだ』

ダリオンの言う通りだ。

たくさんの気になることを、気にしないようにして――私はその夜、少し眠れなかった。

翌日――私と人化したダリオンは、クリフォード殿下に呼ばれ、応接間に案内された。

そこで二人が来るのを待つ。

「先に話しておこう。ヒルキス帝国に支配された国から、魔法士たちがいなくなっているらしい」

「魔法士たちが？」

「ああ。それもどうやらヒルキス帝国、恐らくイグドラに送られているみたいなんだ。相変わらずモンスターによる襲撃はあちこちで起きているけど、ここ数日は大きく動いていない」

「聖域を無力化するための準備をしているのだろうな。今のヒルキス帝国は、我とノネットを一番警戒しているはずだ。聖域を無力化することができれば、即座に動くだろう」

ヴェスク王国を襲ったモンスターの大群を全滅させたことで、モンスターの被害は激減した。

ヒルキス帝国にある程度痛手を与えられたのだと思っていたけど、裏でそんなことをしていたなんて……

改めて、敵の恐ろしさを痛感する。

ヒルキス帝国について話し合っていると、扉をノックする音が聞こえて、青い髪の男女が部屋に入ってきた。

扉を開けて頭を下げたのは、短い青髪で猫目が印象的な、小柄な少年だ。所作が丁寧で、礼儀正しそうな印象を受けた。そう感じるのは、少年の後ろでにかりと笑う女性の態度が、王家の人間の前でするものとは思えないせいでもある。

「クリフォード、最近いろいろと大変みたいだね」

「姉さん……何度も言っているけど、相手は王子なんだよ。敬語でなくてもせめて殿下はつけてくれ」

少年が呆れたように女性を窘《たしな》める。おそらく彼がジャックだ。

そして不敵な笑みを浮かべた、青色の長い髪を一本に束ねた長身の女性――彼女がミリーなのだろう。

相手が王子でも対等に話す、気の強そうな美しい女性で、冒険者というより女騎士のように見える。

そんな彼女の態度にジャックがため息を吐いているけど……かなり苦労しているようだ。

ジャックは私とダリオンを見て、クリフォード殿下に深く頭を下げる。

「僕はジャック、こちらが姉のミリーです。二人のことはクリフォード殿下から聞いています」

「ああ。彼女がノネットで、彼がダリオンだ」

クリフォード殿下が私たちを紹介すると、ミリーはダリオンを興味深そうに眺める。

「へぇ。これが人化した神獣か、こりゃ驚くしかないよ」

私とダリオンはクリフォード殿下を見た。

私たちの正体について教えるのは直接会ってからだと聞いていたけど、どうして知っているのだろう？

私たちの様子を見て、ミリーは楽しげに笑う。

「クリフォードはなにも言っていない。ちょっとカマをかけてみたんだが、当たりみたいだね」

「……なんだと？」

ダリオンが吠えかからんばかりに睨《にら》みつけると、ジャックが二人の間に入る。

「不快にさせて申しわけありません、ダリオン様！　姉さんは今みたいに余計なことを言って反応を見て楽しむ癖があるんです。……クリフォード殿下がテイマースキルについて僕たちに調査を依頼し、その報告の場にあなた方がいた。ということはこの情報を必要としているのはあなた方です。それが何者か、お二人の雰囲気を見れば推測が可能……そういうことであって、クリフォード殿下があなた方の秘密を話したというわけではありませんから、ご安心ください」

「そうか。ジャックよ、『ダリオン様』はやめてほしい。我のことは呼び捨てで構わない」

見ているだけで、一筋縄ではいかない人たちだとがわかる。

調べてくれたテイマースキルについても、期待できるのではないだろうか。

ダリオンはまだ警戒していて、ミリーはそれを楽しそうに眺めている。

クリフォード殿下もたじろいでいる様子だ。

これは、もしかすると、クリフォード殿下は、ミリーが苦手だったりするのだろうか。

二人の姿に、私は少しほっとしていた。

そんな私を眺めて、ミリーは嬉しそうに言う。

「あたしはミリーだ。クリフォードからテイマースキルの調査及びヒルキス帝国に対抗する戦力として依頼を受けた。この国でしばらく厄介になる。よろしく頼むよ」

「はい。私はノネットです」

ようやく挨拶を交わすと、ダリオンの敵意が薄れていく。ミリーの私に対する感情は危険なものではなかったようだ。

それでも最初の印象が悪かったせいか、ダリオンはまだむっとした表情だ。

「我はダリオンだ。我々も正体を明かしておく必要がありそうだな」

クリフォード殿下に私たちの正体を秘密にしておいてもらったのは、もちろんハーチス王国にとっても大きな秘密だからだけど、ダリオンが乗り気でなかったことも大きい。

そのダリオンが自ら正体を明かすと言ったので、クリフォード殿下は気兼ねがなくなったようだった。

「テイマースキルについて、二人に調べてもらったのは、ノネットがテイマースキル持ちで、ダリオンが神獣だからだ」

「なるほどね。あたしとしては神獣の姿が見たかったたな」

「僕たちが所属している冒険者ギルドには様々なスキルの情報が集まります。クリフォード殿下が頼る相手として、僕らは最適だったと言えるでしょう」

ユリウスが言っていた通り、冒険者ギルドの本部にはテイマースキルの情報があるようだ。

ミリーが楽しげに笑う。

「テイマースキルの力か……そうは言っても、だいぶ珍しいものだ。冒険者ギルドといえど、そこまで詳細な情報があるわけじゃない。あんたたちの役に立てるかは約束しかねるよ」

すると、ダリオンがピクリと反応する。スキルのことなら冒険者ギルドにとユリウスは言っていたけど、もしかするとテイマーの力はスキルの中でも特別なのだろうか？

ミリーの話は続く。

「膨大な魔力を持ち、動物を一頭だけ神獣にすることができる――そう言うと、テイマーのスキルは神獣を生み出すため、神獣のためにある力のように思えるが、実際は違う」

「えっと？　どういうことでしょうか？」

「神獣は、テイマーがその強力すぎるスキルの力を使いこなすための存在――いわばテイマーにとっての制御装置さ。神獣のためにテイマーがいるんじゃなく、テイマーのために神獣が必要なんだ」

それは、私にとって世界がひっくり返るような衝撃だった。

神獣を作り出すためじゃなく、テイマーのスキルを使うために、神獣がいる――けれど、思い当たる節はいくつもあった。

ダリオンに教わって、魔法が使えるようになったこと、そしてダリオンと力を合わせることで、より強い力を発揮できるようになったこと。

ヒルキス王国に伝わる『テイマーが力を与え育てた動物は神獣となり、国を守護する』という伝説から、神獣の役割は結界を張って国を豊かにすることだとばかり思っていた。

けれど、それは本来のダリオンの役割ではなかったのだ。

「神獣はテイマーの力を使いこなすための補佐ということか。確かに、ノネットの魔力も、魔法の威力も、もはや我を凌駕《りょうが》している」

「人間が制御できないほどの膨大な魔力だ。一人で扱うには、その力は大きすぎるんだろうね」

詳細な情報はないと言っておきながら、ミリーが話す内容は私たちが知らない情報ばかりだ。

「あの、どうしてミリーさん、というよりも冒険者ギルドはテイマーについてそこまで詳しいのですか?」

「ミリーでいい。あたしたちのことは呼び捨てで構わないし、敬語もいらない――大昔、冒険者ギルドの人間にテイマースキル持ちがいたのさ」

「その方は、世界の危機を救ったとされています。スキルの中でもテイマーの力は特別で、この世界の意志そのもの、とも言われています。世界に危機が訪れる時、それに対抗するための抑止力としてテイマーのスキルを持つ者が現れる、と」

――テイマーの力が、この世界の意志。

私がそのスキルを入手したのは、ただの偶然だと思っていた。でもそこに、世界の意志なんてものが働いていたなんて……

「この世界になんらかの危機が迫り、世界の意志が働いた……そうしてテイマーのスキルの所持者として、あんたが選ばれたんだろうね」

「ギルドに残された資料からわかる限り、テイマーのスキルはその力を悪用する人間の手には渡らないとされています」

ミリーの説明をジャックが補足する。

そう言われると、なんだか照れくさいというか、信じられないような気持ちだ。

「その危機ってのが具体的になんなのか、あたしにはわからないが……ヒルキス帝国のことなら、テイマーが現れるのはもっと遅かったんじゃないかって気がするけどね。ノネットはいつスキルを手に入れたんだい？」

「スキルが発覚したのは三年前ですけど、魔力に気づいたのは五年くらい前です」

その言葉で、クリフォード殿下が顔を上げた。

「――ルゼア王子だ」

「殿下？」

「今でこそ神童として諸国に名を轟《とどろ》かせているけど、昔からあんな、人智を超えた存在ではなかった。僕は幼い頃のルゼア王子に会ったことがあるけれど、そこまで危険な存在だとは思わなかったんだ。それが突然、人が変わったようになり、神童として頭角を現し始めた――それが、五年くらい前の話だ。……考えたくないけど、その頃もしかしたらあのイグドラが、ルゼアになにかしたのかもしれない」

五年前。ヒルキス王国のルゼア王子になにかがあった。

それが、世界を滅ぼす危機のはじまり――そして、世界の意志が私に膨大な魔力とテイマーのスキルを授けた。

「魔法の原動力となるのは意志の力だ。そして世界には、目に見えないけど魔力が巡っている。それなら、世界が意志を持っていてもおかしくない。それは神と呼ばれる」

「神の獣で神獣――神獣がテイマーの使い魔のようなものなら、それを従えるテイマーのスキルこそ、神の力そのものと言えるのかもしれません」

ミリーとジャックは、真剣な表情で私を見つめる。

衝撃の事実に私はなにも言えず、ただ強く拳を握ることしかできなかった。


ミリーたちとの話を終えて、私とダリオンは部屋に戻った。

テイマースキルの真相を知った私は、不安で押しつぶされそうで、ダリオンの毛並みをくしゃくしゃと撫でる。

綺麗な金色の毛は心地好いけど、それでも心は落ち着かない。

「まさか力を持っているのがテイマーのスキルを持つ私のほうで、神獣はその補佐だったなんて、想像もしてなかった。私、ずっとダリオンに頼りきりだったのに」

『我も同意見だが、考えてみると正しくもある』

「どういうこと？」

『力を分け与えた相手より、元々力を持っていた者のほうが強いのは道理だ。テイマーという名称も人がつけたもの。どこかで伝承が間違って伝わったのかもしれない』

ダリオンの発言を聞いて、私はひらめく。

「それなら、ダリオンが張っている結界、聖域って――」

『うむ。あれはノネットの力を発揮するフィールドを作っているのかもしれない』

今まではモンスターを弱らせたり、国に利益を与えたりするものだと考えていた。

魔法を使うには、強い意志が必要。ヒルキス王国にいる時は聖域の中にいたけど、私が魔法を使おうという意志を持たなかったからできなかった。

王国を追い出されてリザードウォリアーに襲われた時は、魔法を使わないと、と思ったけど、あれは聖域が消えた状態だった。

そしてハーチス王国で――クリフォード殿下の力になるために魔法を使いたいと強く願い、そして聖域の影響下にいたからこそ、私はついに魔法を使えるようになった。

そういうことなんじゃないだろうか。

「もうだいぶ経っているけど、ハーチス王国の聖域は変わらないの？」

『ああ。ヒルキス王国に張っていた聖域より力が明らかに弱い。大地の魔力の違いかもしれんが……はっきりした原因は我にはわからない』

ハーチス王国の聖域は、ヒルキス王国で作り出していた聖域よりも力が弱い。

初めはヒルキス王国での聖域を解除して再び結界を張ったばかりだから力が安定していないのだろうと思っていたのだけど、時間が経っても変わっていないようで、なにか理由があることは間違いない。

ダリオンと二人で考えていると、部屋の扉がノックされた。

クリフォード殿下だろうか？

そう思って扉を開けようとすると、外から女性の声が聞こえた。

「ミリーだ。さっき話しそびれたことがあってね……入っていいかい？」

『どうやら、弟のジャックはいないようだな』

ミリーは一人で来たようだけど、どうして私たちの部屋で話すのだろう？

もしかしたら、クリフォード殿下の前では言えなかったことがあるのかもしれない。

私はミリーを部屋に入れた。

ミリーは、神獣に戻ったダリオンの姿をしげしげと眺めている。

「これが神獣か。実際に目の当たりにするのは初めてだけど、乗ってみたいな」

『我としては断りたいが――なんの用だ？』

首を振りながらダリオンが鳴いたことで、ミリーは肩をすくめる。

「嫌われてしまったか。クリフォードの前だと都合が悪くてね。二つほど、話があるんだ」

『それなら、我も話に加わる必要がありそうだな』

そう言ってダリオンはまた人の姿に変化する。

ミリーが残念そうな表情を浮かべている辺り、神獣の姿のほうが好みだった様子だ。

話があると言われて――私は少し、不安になる。

テイマーのこともそうだが、クリフォード殿下のことで、ミリーになにか言われるんじゃないだろうか。

ミリーは凛とした雰囲気のある綺麗な人で、トップクラスの実力を持つ冒険者だ。

私だって憧れてしまうのに、もし殿下のことを好きだなんてことになったら勝ち目がない。

「あ、あの、それって、クリフォード殿下に関係があることですか？」

敬語はいらないと言われているけど、ダリオン以外にはつい敬語になってしまう。

私は身構えながら問いかけていた。

そんな私に、ミリーは一瞬だけ面食らったような表情をして、豪快に笑い出す。

「ははははっ！　いや違う違う。ノネットが想像しているような話じゃあないよ。クリフォードをあれ以上心配させたくなかっただけ」

「それはつまり、テイマーの力の危険性について、伏せていたことがあるということか？」

「へぇ、やっぱり神獣は察していたか」

ダリオンとミリーの会話で、私は気づく。

思い返すと――あの時ミリーたちは、テイマースキルのリスクをなにも話していなかった。

あの力は人の身に余るもの。だからこそ神獣が補佐する必要があるのだ。

世界の意志とか神の力なんて言われて、あまりにスケールの大きい話だからそこまで気が回らなかったけど、ミリーがこれからなにを言おうとしているのか見当がついてしまった。

「……私がテイマーの力を使うのには、なにか大きなリスクがあるんですね？」

この国に、ハーチス王国に来てから、クリフォード殿下のいるこの国を守るためならなんでもすると決めていた。

そんな私の意志にテイマースキルが応えるように、ダリオンと力を合わせれば信じられないくらいの力を発揮できるようになった。

けれど——ロアに回復魔法をかけた時。あの時は足りない分の魔力を体力で補おうとして倒れたけど、もし体力も足りなければ——

「そういうことさ。以前テイマースキルを持っていた冒険者——テイマーの末路は、ギルドの人間でも知っているのは一握りだ」

「貴殿はその一握りだ、と」

過去に存在した、テイマースキルを持つ冒険者の末路。

その口ぶりから、平穏なものではなかったことが容易に予想できて、私は息を呑む。

「テイマーの力は世界を滅ぼすほどの危機に対抗する力。裏を返せば、同じように世界を滅ぼせるということでもある」

単純な話だ。けれどそんな大それたもの、普通の人間に扱えるわけがない。

「テイマーだった冒険者の人は、どうなったのですか？」

「その冒険者は自分の持つ魔力を遥かに超える力を引き出して、たった一人で世界を救い——消えてしまったそうだ。テイマーのスキル以外でも……スキルを持つ者は、その力を制御できず消えてしまうケースがある」

「消えた……か。テイマーのスキルを持つ者の魔力はそもそも膨大な量だ。なのに、それ以上の魔力を引き出そうとすれば、体力のみならず、魂の力も使うこととなるだろう」

魂の力――そんなものを使ってしまったら、人はどうなるのだろう。消えるということは、死ぬこととは違うのだろうか。

私も、同じように強大な魔法を使えば、命も魂も使い果たして消えてしまう。

――ダリオンと出会う前の私は、誰かの命令に従うだけの存在だった。

自分で考えて行動することをせず、もし消えろと命じられたら自害していたかもしれない。

そんな私だから――最悪の場合は世界の犠牲になってしまう、テイマースキルを身に宿したのだろうか？

困惑していると、ダリオンがミリーに尋ねた。

「我らにそのことを話したのは、力を使わせたくないからか？」

「いや、使うか使わないかは本人次第だとあたしは考えている。だけど、ノネットはなにも知らずテイマースキルの力を全力で使ってヒルキス帝国を倒し、消滅するなんてことになりかねないと思ってね」

「よく、わかりますね」

「スキルの話をした時、顔に覚悟が見えたからね……だから、あたしは全てを話しておきたくなったのさ」

「ノネット……」

ダリオンが私を心配そうに見つめる。

ロアを助けようとしたあの時、私は初め、ロアを神獣にしようとした。

ダリオン以外に神獣を作ろうとすることは危険だとわかっていながら、リスクなんて考えずテイマースキルの力を使おうとした。

私がそういう人間だと、ダリオンもわかっているのだ。

「ノネット、あんたは強い意志の持ち主だ。そしてテイマーのスキルには、あんたの意志を実行に移すだけの力がある。それが、どれだけの代償を払うことになってもだ」

これはミリーから、私に対しての忠告だ。

私はクリフォード殿下のため、ハーチス王国を守るためなら命も惜しくない。そう思っていた。

その考えは話を聞いた今でも、変わることはない。

「私は、たとえ自分の命と引き換えになったとしても、この国を――守りたいと思います」

世界の危機に対抗するための意志が働くほどの、巨大な悪意に満ちた力。

五年前になにかがあって力を得たルゼアによって、ヒルキス王国はその悪意を溜め込んできた。

ルゼアの目的がなんなのか私にはわからないけど、今は帝国となったヒルキスが世界を支配するために行動を起こしているのは間違いない。

「ノネットが望むなら、我はなにも言わないが……」

その声から、ダリオンの悲しみが伝わってくる。それでも、私はこの考えを変えることはできない。

「あ、あの、もうひとつの話は、なんですか？」

沈んでしまった空気を変えようと、気になっていたミリーのもうひとつの話について尋ねてみた。

これこそ、クリフォード殿下に関する話なのかもしれないし。

ミリーはにやりと笑みを浮かべる。

「そうだった。その前に――ノネットはさ、クリフォードをどう思ってるんだい？」

「えっ⁉」

私のほうがミリーはクリフォード殿下をどう思っているのか気になっていたのに、逆にそのことを聞かれてしまった。

どう返したものかと悩んでいると、ミリーが見かねたようにこう言った。

「それじゃ、先にあたしのクリフォードに対する感情を伝えておこう――ただの弟子。それ以上でもそれ以下でもないよ」

「弟子、ですか？」

「ああ。衣食住を提供してくれる将来有望な弟子だが、異性として見ているわけじゃあ決してない。あたしのタイプはジャックみたいな奴だ」

「そ、そうですか」

実の弟がタイプって、それはどうなのだろうか。

「おいおい、勘違いするな。あたしはあいつのことだって異性として見てはいないよ。ただ、ジャックを超えるいい男がいないのさ」

確かに……あそこまでしっかりした人を見つけるのは難しそうだ。

そんなことを思っていると、ミリーは優しげな笑みを浮かべて私を見つめる。

「落ち着いたみたいだね。やっぱり、ノネットはクリフォードが好きなのかい？」

ミリーはここまで明かしてくれたのに、私がはぐらかすわけにはいかない。

「好きです……でも、恋人になりたいわけじゃ」

「……本音は？」

「うっ――」

真剣な表情で尋ねられて、私は言葉に詰まる。

「……クリフォード殿下には、絶対に言わないでくださいね」

「わかった、約束しよう。もし破ることがあれば、あたしは即座に命を絶つ」

「ノネット、この女は本気だ」

それはさすがに、覚悟が決まりすぎじゃないだろうか……

唖然としながら、私はミリーに本音を話していた。


テイマーのスキルに目覚めて、私は平民の身でありながら、王宮で生活できることになった。

テイマーとして神獣を育て、育てた神獣の聖域が国を守るようになれば、その功績が認められ、平民でも貴族や王家の人々と肩を並べられるようになるかもしれない。

もしかしたら、王子様と結婚できるかもしれない。王子様に大切にされるかもしれない――なんてことは、ヒルキス王国では考えもしなかった。

けれどクリフォード殿下と再会し、ハーチス王国の城で暮らすうちに……私は、そんな『もしも』を考えるようになってしまった。

「クリフォード殿下の生きるこの国を守りたい。その気持ちに嘘はありません。だけど、もしかしたら……テイマーとして国を救うことができれば、平民の私でも、認めてもらえるかもしれないって、そんな大それたこと、言えるわけ、ないんですけど」

今まで誰にも、ダリオンにすら話したことのない夢の話。

ところどころ口ごもりながら話すと、ミリーは私をじっと見つめて言った。

「なるほど。ヒルキス帝国の問題を解決したら、クリフォード王子と結婚したいってね」

「そんなはっきり言わないでください……」

身も蓋もない言い方をされて、思わず真っ赤になって手で顔を覆う。

けれどミリーは、真剣な声で話を続けた。

「だけどあんたは、この国のためなら命を捨てても構わないと考えている」

「……はい」

ヒルキス帝国からハーチス王国を守れたところで、私の命は尽きるかもしれない。

その未来を思って、このことは胸の内に秘めておくつもりだったのに、ミリーに全部見透かされてしまった。

さすがトップクラスの冒険者はすごい、なんてズレたことを思っていると、ダリオンが私の手を握って言った。

「ノネット。クリフォードとこれからも一緒にいたいのなら、命を捨てる覚悟など、持つべきではない」

「そうかもしれないけど、私はクリフォード殿下のいるこの国を、私たちに居場所をくれたこの国を守りたい。そのための覚悟なら、ずっと前から決めてるの」

ダリオンの心配をよそに、私は断言する。

ここで迷っていたら肝心な時にも迷ってしまいそうで、だからこそ、この決意を変えることはしない。

そんな私たちに、ミリーは肩をすくめて話す。

「ノネットの意志はわかった。その上で二つ目の話をしよう——ヒルキス帝国は、着実に強大な力をつけてる」

「はい」

「早急に対処するべきだけど、敵地での戦いは不利だ。けどそれは向こうも同じさ。聖域の力を無力化する方法を確立するまで、攻めちゃ来ないだろうよ」

聖域の力と、帝国の戦力。

今のところ、どちらも攻めあぐねている状況だけど、ヒルキス帝国のほうは対策を準備している。

聖域を無力化する方法が完成したら、私たちは攻め込まれて間違いなく負けてしまう。

そうなる前にヒルキス帝国を倒したいけど、現状で勝てる見込みはない。

私とダリオンが険しい表情を浮かべていると、ミリーは話を続けた。

「ヒルキス帝国は、初めに各国へモンスターの大群を送った。あれは戦力の確認と、向こうにとって最悪の事態を想定してのことだ」

「戦力の確認はわかりますけど、最悪の事態というのは？」

「そう。テイマースキルの力――神獣の結界である聖域はただ張るだけでは効果は薄い。大陸の魔力源である龍脈に干渉することで、本来の力を引き出せるのさ」

「えっと……龍脈？」

聞き覚えのない単語に首をかしげる。

それが二つ目の話に繋がるのだろうか？

「龍脈だと？　そんなものは、我も知らぬぞ」

「それなら質問するけど、ダリオンは人の姿になる魔法をどこで知った？」

「それは――」

「その魔法はテイマースキルによるものさ。だが人の姿になった時はなにも知らなかったはずだ。あたしたち冒険者のほうが、テイマースキルについては遥かに詳しい」

確かに、私とダリオンはなにも知らないうちにヒルキス王国へ連れていかれ、王宮に閉じ込められるようにして育った。いくら本で読んだ知識があったとしても、知らないことが多すぎる。

冒険者ギルドには情報が集まると言うし、実際に自分で世界中を巡っている凄腕の冒険者であるミリーたちのほうが詳しいのは当然だ。

「魔法研究機関イグドラは、当然魔法や魔力のことに詳しいし、スキルや神獣についても研究が進んでいるから、龍脈の存在を知っていたとしてもおかしくはない」

「それで、最悪の事態というのは……？」

「ヒルキス帝国はモンスターを送り、各国の戦力を探った。それと同時に、神獣の居場所——つまり聖域がどこにあるかと、その聖域が龍脈に干渉していないかを調べようとしたのさ。龍脈を起点として張った結界、聖域の力は強力……いや、そうしないと本来の力を発揮することはできない、と言ったほうがより正確かな」

「ふむ……結界を複数張ると力が弱まると思っていたが、あれは龍脈と遠い位置だったからなのかもしれん。しかし、そこまで違うのか？」

「記録によればそうらしい。まあ、あたしもこの目で見たわけじゃないけどね。だが、帝国は間違いなくそれを警戒している。それだけ帝国にとって脅威ってことさ」

帝国にとっての、脅威。

八方ふさがりだと思っていたけど、希望が見えてきた。

「ミリー。それで……龍脈というのは、どこにあるんでしょうか？　うまく龍脈に聖域を作れても、離れた場所だったらヒルキス帝国と戦うどころではないですよね？」

「この周辺にある龍脈は三つ。それぞれを起点に聖域を作れば、ヒルキス帝国を覆うほどの大きさになるだろう。その聖域の力を利用すれば、ヒルキス帝国との戦力差でも勝機はある……だから、奴らは全力で阻止してくるはずさ」

「龍脈に罠を仕掛けている、とか？」

「神獣を相手にするんだ、それ以上かもしれないね」

三つの龍脈にダリオンが結界を張り、強力な聖域を作る。

ようやくやるべきことが見えてきた。

「私たちは今から、龍脈に向かえばいいんですね」

このまま手をこまねいていたら、ヒルキス帝国に攻め込まれるだけ。

ここで攻勢に転じるには、それしかない。

「この件に関しては、今頃ジャックがクリフォードに報告しているから、明日にでも動くことになるだろう。場所の説明もしておこうか」

そう言ってミリーはテーブルに、大きな地図を広げた。

ハーチス王国の端と、サーラ国、そしてヒルキス帝国の端、三ヶ所に丸印をつけていく。

星座みたいだな、なんて思っていると、ミリーは私とダリオンに目を向けた。

「この国と周辺には龍脈が三ヶ所あって、その一つはハーチス王国にある。龍脈に聖域を作れば、その聖域内だけじゃなく、神獣とテイマーの力も強化され、すでにある聖域の力も強くなる。そこに聖域を作るだけで、他二ヶ所の戦いも楽になるだろう」

「結界を張るには時間がかかる。移動も考えると、三ヶ所を回るのに一週間、といったところか」

「ヒルキス帝国が聖域を無力化する手段を完成させたら終わりだから、急がないとね」

私たちは話し合って、今後の行動を決める。

ハーチス王国、サーラ国、そしてヒルキス帝国の順に巡る。

ヒルキス帝国の国内に侵入するのは危険だと思っていたけど、ミリーの話では、先に他の二つの龍脈に聖域を作っておけば、その力の影響で私たちはかなり強化されることになるらしい。

ルゼアを避けられるならそれで問題ないだろうという算段で、まずは一番近いハーチス王国に位置する龍脈に結界を張ることにした。

「よし、決まりだ。同行できるのはあたしとジャック、そしてダリオンに乗るクリフォードだけになる。あとは速度的に無理だろうからね」

「えっと、クリフォード殿下も一緒に行くのですか？」

龍脈ではヒルキス帝国がなにか仕掛けてくるかもしれないから、危険だ。

だからもしクリフォード殿下が行くと言っても、私は止めるつもりだった。

それなのにミリーは私を見て楽しげに言う。

「クリフォードが一緒なら、ノネットの力が安定するだろ？」

「そ、それは——」

そう言われて私は今までのことを思い返すと——確かにクリフォード殿下がそばにいてくれると、普段よりも力を出せた。

だけどミリーは私をからかっているのか、本気なのかわからない。

「……本気だ」

ダリオンが私を見て、肩をすくめた。

あれからミリーは、明日に備えると言って部屋を出た。

私は神獣に戻ったダリオンのもふもふした毛を撫でながら、明日以降の話をしていた。

「明日から、ダリオンが龍脈に結界を張って、強力な聖域を作り出す」

『龍脈……初めて聞く話だったが、我は自分が持つ神獣の力を半分も理解していない。ミリーの発言に嘘はなかった』

「そうだね、すごい人たちだった。それだけ信頼できる」

そうして話していると、扉をノックする音が聞こえた。

「クリフォードだ。少し話したいことがあるんだけど、いいかな？」

「わかりました」

私は殿下を部屋に招き、椅子を勧める。

クリフォード殿下は私を心配そうに見つめた。

「さっきジャックとミリーから話を聞いた。僕も同行させてほしい」

『なんだと？』

「えっと、もう話は聞いているのですよね？」

ミリーはさっき、クリフォード殿下も連れていくと言っていたはず。

それなのに、どうして私に許可を求めるのだろう。

私たちを見ながら、クリフォード殿下は凛々《りり》しい表情で告げた。

「ミリーは『お前はノネットが同行してほしいと言ったら連れていく』と言った。僕が力不足なのはわかっている。それでも、一緒に行かせてほしいんだ」

どうやらミリーは、クリフォード殿下に対してはそういう言い方をしたようだ。

『力不足であることは否めないが、本当の理由を隠すためか』

ダリオンがそう呟く。

ミリーは私に気を遣ってくれたのだ。

クリフォード殿下がそばにいると強くなれるだなんて、愛していると伝えているようなものだもの。

そう考えると顔が熱くなってしまい、私はうなずく。

「力不足なんてことありません。ヴェスク王国での時も、殿下がいてくれたおかげで魔法に集中できました。一緒に来てくださると心強いです」

「ありがとう。ノネットのことは、僕が必ず守る……と、断言できるだけの力が欲しいな」

クリフォード殿下は自信なさげだけど、私には十分だった。

『……まさか、な』

ダリオンがそう呟いたけれど、それがなんのことか、私にはわからなかった。

翌日——私、クリフォード殿下、ダリオン、ミリーとジャックの五人で、ハーチス王国の龍脈を目指すことになった。

部屋で身支度を整えながら、私は気になっていたことをダリオンに尋ねる。

「ダリオン、昨日クリフォード殿下との会話で『まさか』って言ってたけど、なにがまさかなの？」

外へ出るので人の姿に変化したダリオンは、少し考えるそぶりをした。

「いや。我の思い過ごしだ。気にしないでほしい。それより、ヒルキス帝国の行動が気がかりだ」

はぐらかされたけど、ダリオンがそう言うのなら、気にすることではなさそうだ。

私たちと同じように、イグドラも魔力源である龍脈の位置を把握しているだろう。

だから待ち伏せしている可能性が高い。

城門の前で全員が合流すると、ミリーがこれからの行動を話す。

「待ち伏せるとしたら、あたしたちが真っ先に向かうであろうハーチス王国の端にある龍脈に戦力を集結させるはず。ヒルキス帝国がハーチス王国を攻めるのは時間の問題だ。それまでに急いで聖域を完成させなきゃいけないってこちらの考えは、向こうだってわかっているだろうからな」

先にサーラ国に向かって龍脈に結界を張ることもできるが、それだと時間のロスになる。

一番近いハーチス王国内の龍脈から、王都には戻らずサーラ国、ヒルキス帝国にある龍脈を順に巡るルートが最速だ。

私たちは城を出て、再びダリオンが神獣の姿に戻る。

私はクリフォード殿下と一緒にダリオンの背中に乗り、そして驚くことにミリーとジャックは走ってついてくるらしい。

「あたしたちは魔力で脚を強化して走る。魔力を結構使うけど、迅速に行動したほうがいいからね」

「僕は姉さんより速度は出せませんが、場所はわかっているので、もし僕が遅れたら先に行ってください」

『わかった』

ミリーとジャックの発言にダリオンがうなずいて、私たちはハーチス王国の端にある龍脈へ向かう。

ダリオンはとてつもない速度で走っているけど、信じられないことにミリーは平然と並走している。

すぐ後ろには走るジャックの姿もあって……これが、冒険者の中でも最上位の実力者と言われる所以《ゆえん》なのだろう。

呆気に取られていると、私の後ろでクリフォード殿下が呟く。

「僕にも、ミリーたちのような力があれば――」

『クリフォードよ。お前にはお前にしかできぬことがある』

ダリオンがそう言って励ますので、私はそのまま翻訳してクリフォード殿下に伝えた。

「そうだね、うらやんでいる場合じゃない。できる限り、僕はノネットを守るよ」

「はいっ。よろしくお願いします」

それは私を守ることが国を守ることに繋がるからなのだろうけど、嬉しくてにやけそうになる。

それをこらえながら、私は、並走するミリーと話す。

ジャックはこの速度に追いつくのが精一杯のようで、話す余裕はないらしい。

むしろこの速さで並走しながら平然と話しているミリーのほうがおかしい。

ミリーによれば、龍脈はこの世界に流れる魔力の核となる地点で、世界にはいくつもあるらしい。

そして、待ち伏せている可能性の高いイグドラの人々は、黒いフードで身を隠すのが好きな集団のようだ。

数時間走り続けて、私たちは目的地である龍脈の近くに到着したのだが……そこは荒野だった。

荒れた大地には巨大な岩が多く、人が隠れるにはうってつけだ。

これでは待ち伏せしてくれと言っているようなものだと不安になっていた時、走っていたミリーが呟く。

「──全員止まれ」

私たちが立ち止まると、クリフォード殿下が小さな声で尋ねた。

「どうした？」

「龍脈のそばに、いくつか魔力を感じる……敵がいるね」

まだかなり距離があるはずだけど、ミリーは他者の魔力がわかるようだ。

岩陰に隠れながら様子を見ようとしていると、少し遅れていたジャックが到着する。

「……向こうは八人、全員強いな。一人、別格の魔力があるようだ。理想としては誰にも気づかれずに無力化したいとこだけど……」

「おそらくイグドラは、遠距離でも連絡できる魔道具を所持しています。姉さんの言うように気づかれず倒さないと、ここに僕らが来たということが向こうに伝わってしまうでしょう」

ミリーとジャックの会話を聞いて、私は思わず唾を呑む。

ヒルキス帝国は龍脈のことを知っていて、ダリオンに結界を張らせないようここを監視していたようだ。

報告される前に倒し、私たちが龍脈の情報に行きついたと知られなければ、ヒルキス帝国の虚をつくことができそう。

私たちは奇襲する機を窺《うかが》った。

ダリオンは人の姿に変化して、岩陰に隠れながら龍脈に近づいていく。

すると、知らない男の声が聞こえてきた。

『イグドラ最高幹部である俺が龍脈の守護とは、退屈すぎて気が狂いそうだ』

『おや、サング様がロード様に頼み込んだと聞いていますけど、違うのですか？』

『違わねぇ。俺は他の二人と違ってルゼアが嫌いでな、現場の仕事を選んだのさ。まっ、今からは楽しめそうだ』

かなり距離があるはずだけど、イグドラの人たちが会話をしているのが聞こえる。

前にもあったように、私はダリオンと聴覚を共有しているようだ。

サングと呼ばれた人はイグドラに三人しかいない最高幹部のようだ。

『ノネットと第三王子クリフォード、冒険者ミリーとジャック、後の一人はたぶん人の姿になった神獣ダリオンだ。五人が近くまで来やがった。お前は今すぐロードに報告しとけ』

『わ、わかりました！　サング様、なにをなさるのですか？』

『仕事に決まってんだろ。戦力的に不利だが、ノネットさえ消せば撤収しても文句は言われねぇ』

愉快そうに話す声が聞こえて、私とダリオンの顔がこわばる。

岩陰に隠れ、気配を消していたのに、サングは既に私たちを察知している。

けれど神獣の聴力のよさまでは知らなかったらしい。

ダリオンが状況を皆に報告する。

「どうやら敵は、我らの存在を察知したようだ。もう帝国にも情報が伝わっている」

「なっ――」

「それならもう、早急に倒すしかないね！」

ミリーはそう言うやいなや、一気に龍脈のほうへ駆け出した。

ジャックが後を着いていき、ダリオンの飛行魔法で私たちも追いかける。

ものすごい速度で龍脈のある場所に向かうと、再びサングの声が聞こえてきた。

『戦力差はでかいが、一番弱いクリフォードが穴だ。捕らえて人質にする手もある――行くぞ』

その瞬間、私は頭が真っ白になる。

――イグドラ最高幹部のサングは、危険だ。

龍脈に聖域を作れば、その聖域内だけじゃなく、神獣とテイマーの力も強化され、すでにある聖域の力もより強くなるとミリーは言っていた。

それはつまり、ひとつでも龍脈に聖域を張れば一気に有利になり、逆にヒルキス帝国側は不利になるということだ。

ヒルキス帝国はそれを理解しているからこそ、最高幹部の一人であるサングを待機させていたのだろう。

そう考えていると、周囲から大量のモンスターが現れた。

ハーチス王国に攻めてきたのと同じ、イグドラの操る強力なモンスターたちだ。

迫りくるモンスターたちに応戦するも、魔法の援護が私たちを襲う。

岩陰から姿を見せたのは七人。けれど誰がサングと呼ばれた人物なのかはわからない。

「どいつも黒フードで顔を隠しているが、一人はあたしと同格の冒険者だ。あたしはそいつの相手をするよ！」

どうやら、ヒルキス帝国側についた冒険者もいるようだ。

敵はフードで身を隠しているが、気配なのか魔力を察知したのか、ミリーが突撃を仕掛けた。

黒フードの一人が魔法を繰り出し、私とダリオンが風魔法で攻撃を相殺《そうさい》していく。

「クリフォード殿下、大丈夫ですか⁉」

「ああ、ミリーとジャックも強いし、問題ないよ」

先ほどのサングの発言から、敵は私かクリフォード殿下を狙ってくるはず。

それにミリーは『向こうは八人』と言っていた。姿が見えたのは七人。

残る一人が奇襲を仕掛けてきてもおかしくない。

クリフォード殿下は私の前に出て剣を構えるけど、どこか不安そうだ。

「僕は本当に、ノネットの盾になれているのだろうか……」

「もちろんです！　クリフォード殿下がいるからこそ、私は全力で魔法を使えるんですから」

これは本音だった。

殿下は少し微笑んで頷くと、剣を構えなおす。

「敵はまだ一人、どこかに潜《ひそ》んでいるはずです。奇襲に備えましょう！」

そう殿下に伝えて自分も警戒しつつ、私は風魔法で敵を撃退していく。

目の前には剣を振るいモンスターを倒していくジャック、そして敵の冒険者と斬り合いをするミリーの姿があった。

敵のうち二人は剣、あとの五人は魔法を使っている。

数では不利だけど、実力では決して劣らない。

このままの勢いで攻めていけばきっと負けたりはしないはずだ。

そう考えていると、魔法で支援をしている敵の声が聞こえた。

『強いな……こうなったら私たちの魔法を束ね、神獣ダリオンを潰すしかない』

『ああ。俺たちの力を合わせれば、神獣だろうと敵ではない。奴らを倒せば最高幹部まで昇格できそうだ！』

そう声が聞こえたかと思うと、魔法士の五人が陣形を組み、魔力が高まっていく。

ヴェスク王国でも、イグドラの魔法士は三人で協力魔法を使っていた。

今度は五人――あの時とは比べ物にならない威力になることは間違いない。

「危険です！」

「イグドラも本気だね。これはさすがに厳しそうだ」

ジャックとミリーも魔法士たちを止めたがっているけれど、目の前の敵で手一杯だ。

膨れ上がる魔力から繰り出される魔法は、ダリオンでも相殺《そうさい》できそうにない――私が、あの力を使わないと。

「ダリオン！」

「やむを得んな……だが、危険を感じたらすぐにやめてくれ！」

「ええ！」

ミリーから聞いたテイマースキルの話を思い返して、私は強く決意する。

クリフォード殿下は目の前で剣を構え、私を守ろうとしている。

そのクリフォード殿下が守りたいと願う、私とダリオンを住まわせてくれたハーチス王国。

彼らを守りたい。

そう強く決意して、テイマーの――自分の力ならそれができると信じる。

私はダリオンに触れ、テイマースキルが持つ本来の力を目覚めさせようと試みた。

龍脈を巡る戦いは初戦が一番肝心だ。

ここさえ突破すれば、強い力を手にできる。

これから戦うことになる神童ルゼアは、規格外の強さだ。

勝算があるとすれば、私の力しかない。

龍脈で聖域を完成させたところで、どれだけルゼアに迫れるかはわからない。それでも。

――今できることは、全てやっておく。

それがハーチス王国を、クリフォード殿下を守ることに繋がる。

テイマーの力を出し惜しんでいる場合じゃない。

ダリオンに触れ、急激な力の高まりを感じた私は、風魔法を放つ。

強力な風の砲撃が、荒野の岩を抉《えぐ》りながらイグドラの魔法士五人に迫る。

魔法士たちは攻撃の魔法を防御壁に変えて防ごうとするけど、間に合わず吹き飛ぶ。

五人が誰も起き上がってこないところを見ると、どうやら意識を失っているようだ。

ほっとして自分の状態を確認すると、ものすごく魔力を消費してはいるけど、ロアを治した時ほどではなかった。

「どこを見ているんです？　あなたの敵はこちらです。……あなたはもう、動けませんけどね」

ジャックがそう言うと、剣を持った敵の足が土で固められていた。

動きを封じられた上にダメージも食らっているのか、敵は悲鳴を上げていて、そこをジャックが峰打ちで昏倒させる。

「お仲間が倒れてとんずらしようってかい？　残念だけど、あんたのしたことは冒険者ギルドに対する裏切り行為だ――逃がさないよ！」

ミリーの相手をしていた冒険者は逃げようとしていたようだが、炎の壁で足が止まる。

慌てふためく敵の前で、ミリーの剣が赤く光った。

――あれはダリオンから聞いたことがある、火魔法の炎をまとわせることで、剣に炎の力を与える高等技術だ。

ミリーが敵を倒し、これで七人を撃退したことになるが、油断はできない。

「……まだ、あと一人」

私はそう呟くと、目を閉じて力を抜き、意識を失ったフリをした。

「――それを待っていた！」

すぐに私が目を開けた瞬間、まるで瞬間移動したように、男が目の前に現れ、ナイフを振りかぶるのが見えた。おそらくこの男が、イグドラの最高幹部サングなのだろう。

「――なにっ⁉」

ダリオンの愕然とした声が聞こえて、私も驚く。

――私に対する奇襲は、普通は通じない。

ダリオンは私に対する他者の感情がわかり、敵意や殺意を感じれば即座に反応するからだ。

けれどサングのほうが一枚上手だった。

イグドラは神獣に詳しい。ダリオンの能力についても知っていたのだろう。

完全に無心になったサングは、感情を読ませず私に奇襲を仕掛けたのだ。

サングの技術によって、ダリオンが反応していない。

失敗した――！　だめだ、体が動かない。

「はぁぁっ‼」

「――なにぃっ⁉」

弾かれたナイフが宙を舞い、地に落ちてカラカラと音を立てた。

目の前でサングが驚いた顔をしているけど、私も驚いている。

「奇襲には、備えていたからね」

私を凶刃から守ったのは、クリフォード殿下だった。

ダリオンが迫り、サングが諦めた様子で呟く。

「クソッ、こんな雑魚にしてやられるとは——ルゼアの手下は嫌だったし、潮時なのかもな」

サングはそう言うと、突然表情を歪め、地面に崩れ落ちた。

ミリーが駆け寄ってサングの体を確認するが、ゆっくりと首を左右に振る。

「口に毒を仕込んでいやがった。……自害したのさ」

後味の悪い幕引きになったけれど、私たちは無事に敵を倒すことに成功したのだった。


戦いを終え私たちは、ダリオンが魔法で作った木の家で休んでいた。

ダリオンは神獣の姿で、龍脈に魔力を流して結界を張っていく。

『大地の魔力源である龍脈を活性化させるには、思った以上の魔力が必要だ。丸一日はかかるだろう』

そう言いながらダリオンの尻尾が揺れている。龍脈の力の気配に、ワクワクしているのかもしれない。

「ダリオンが休む時間も必要だし、このペースだと全部巡るには一週間くらいかかりそうだね」

移動に半日ほど、サーラ国の龍脈に到着して、結界を張り、休む。

その後ヒルキス帝国に移動して同じ工程を繰り返し、うまくいけば約一週間で聖域の完成だ。

自害してしまったサング以外の敵は縛って放置し、後から来るハーチス王国の人たちに任せることにした。

「ノネットさん！　テイマーの力を解放した風魔法、素晴らしい威力でした。あれならルゼアも倒せるはず！」

「ジャック、お前は会ったことがないからそんなことが言えるんだよ。奴ならあっさり避けるか、剣で振り払って終わりだろうね」

「そ、そんな……あれほどの魔法を⁉　そんな相手が敵だなんて……」

ジャックは、ミリーの発言を聞いて驚愕している。

私は繰り返し聞いたからルゼアの恐ろしさはわかっているつもりだったけど、実際に目の当たりにしなければ、わからない恐怖はあるのだろう。

ジャックが露骨に戦いたくなさそうな表情をする。

「ジャックさん、大丈夫ですか？」

「は、はい。姉さんのせいで無茶はいつものことですから……むしろ、僕はノネットさんのほうが心配です」

「私、ですか？」

「テイマーの、ノネットさんの力はヒルキス帝国との戦いに必要不可欠なのに、今回の戦いで危険な目に遭わせてしまいました。申し訳ありません」

「いえ、あれはその――」

話の途中で、クリフォード殿下が私に迫る。

「ノネット。今日みたいなことはしないでほしい」

「えっ？」

クリフォード殿下は……すごく怒っている。

私があたふたしていると、ミリーがフォローしてくれた。

「クリフォード、テイマーの力を使わなければあの時は危なかった。魔力だってそこまで使ってないんだから、いいじゃないか」

「それはわかっている。僕が言いたいのは、ノネットが自分を囮《おとり》にしようとしたことだ」

その言葉で、私は殿下が怒っている理由がわかった。

あの時――サングは狙いが私であることと、クリフォード殿下を人質にしようとしていると話していた。

その話を聞いたから、わざと隙を見せたのだ。

ダリオンなら奇襲にも対応できるし、私が狙われたほうがいいと判断してしまった。

「僕はノネットを守るために来ているんだ。自分から、危険な目に遭ってほしくない」

「クリフォード殿下――」

「『自分から』ね。あの時より強くなったクリフォードだから、言えることだねえ」

感心したようなミリーの呟きで、室内の空気が変わった。

ダリオンは結界に集中している。

クリフォード殿下は明らかに動揺していて、ジャックはどこか寂しげな表情を浮かべている。

あの時――クリフォード殿下の過去に、なにがあったのだろう？

「昔のことだよ。ノネットには、関係ないことさ」

「関係なくはな――いや、そうだね。クリフォードがそう言うのなら、そういうことにしておくよ」

ミリーが言いかけてやめたのは、クリフォード殿下に睨《にら》まれたからだ。

「これから僕たちは順番に休んで、結界を張っているダリオンを守りましょう」

「ジャックの言う通りだ。あたしたちの動きはもう帝国に伝わっている。向こうがいつ動いてもおかしくない」

「そうですね。警戒しましょう」

クリフォード殿下の過去は気になるけど、聞かれたくないことなら、詮索《せんさく》はできない。

ジャックの提案通り、私たちは見張りながら順番に休むことになった。


あれから一日が経って、ダリオンは龍脈に結界を張ることに成功した。

これまでより遥かに強力な聖域が出来上がったことに、私とダリオンは驚くしかなかった。

そして今、風をまとい平原を駆けるダリオンに乗って、後ろにはクリフォード殿下がいる。

並走するミリーと少し後ろを走るジャックと一緒に私たちは次の龍脈がある場所、サーラ国へ向かっていた。

「あの後、ヒルキス帝国は仕掛けてきませんでしたね。これほど私たちが有利になるのに、サングが倒されてすぐ動かないのはおかしい気がします」

龍脈を起点とした聖域の力は、今までの聖域とは比べ物にならない。

イグドラ最高幹部のサングや優秀な冒険者を待ち伏せに使っていたのもわかるほどだ。

だからこそ、なぜ阻止しようと動かなかったのか気になる。

「動く必要がないということは、余裕があるということでもある。もしかしたら、聖域を無力化する魔道具が、完成しつつあるのかもしれない……急ごう！」

聖域の力によって、ダリオンは自分の周囲にいる味方の魔力を強化することができるようになった。

そして私たちは今までよりも遥かに速く駆け――サーラ国の龍脈に到着した。

「ここは通さん！」

私たちの前に立ちふさがり、そう叫ぶ魔法士の人たちが、団結して魔法を使おうとする。

聖域の力で、ダリオンが敵と認識した生物は力が弱まっているはず。

ハーチス王国での相手より明らかに格が落ちている。

ダリオンは走りを止めることなく、咆哮《ほうこう》とともに風魔法を繰り出した。

「うぎゃーっ!?」

弱くなっていることを自覚していない魔法士たちは、魔法を使う間もなく吹き飛び、全員が意識を失い倒れた。

圧倒的な力の差を実感していると、ダリオンが淡々と告げる。

『よし、結界を張るとしよう』

そう言ってダリオンは龍脈に結界を張り始めた。

正直かなり警戒していたので、一瞬で倒せたことは拍子抜けだった。

「えっと、ハーチス王国の戦いとは、違いすぎませんか？」

「あたしも思ったけど、ハーチス王国での戦いを最重要と考えて、最高幹部サングを筆頭とするイグドラの幹部たちや、優秀な冒険者を配置してたってことだね」

ハーチス王国の龍脈にいた集団は、小国なら滅ぼせるほどの戦力だったとミリーは語る。

それだけの戦力を失ったら、ヒルキス帝国はかなり痛手だろう。

そうして私たちは、悠々とサーラ国の龍脈を手に入れたのだった。

「問題は最後の一ヶ所、ヒルキス帝国の端にある龍脈ですね」

「はい。敵陣に突っ込むことになります。もしかしたら、ベルナルドやルゼアが来るかもしれません」

「いや、それはないだろう。無能で戦力にならない帝王をわざわざ戦場に連れてくるとは思えないからね。龍脈に結界を張られたと知って敵襲を警戒している今、帝王が狙われることを警戒するルゼアも王宮から動けないと思いたいところだけど……」

城でベルナルドの守りを固めているとしても、敵襲を警戒したルゼアは即座に帝王を守れる範囲でしか動けないはず。

龍脈は残すところ、ヒルキス帝国の一ヶ所。

どうかうまくいきますようにと、私は祈った。


サーラ国に到着した翌日の午後、二ヶ所目の龍脈に結界を張り終えて、聖域の力がさらに増したのを感じた。

ヒルキス帝国の端にある龍脈に結界を張れば、この大陸周辺に広範囲の聖域ができるらしい。

今の時点でも十分効力を発揮しているけど、敵は神童ルゼアと魔法研究機関イグドラだ。

私とクリフォード殿下はダリオンに乗って、ミリーとジャックは平原を並走している。

「龍脈を起点として作られた聖域は、すぐにその力を発揮するようですね」

「僕は最後の龍脈にダリオンが結界を張ったら、一度ハーチスに戻るのがいいと思う。それから王国の兵たちと共に、ヒルキス帝国へ攻め込もう」

「兵がどれだけ役に立つかは疑問だけど、それがクリフォードの判断なら従うよ」

そう言いながらも、ミリーはどこか納得していないようだ。

結界を張り終えたらそのまま王都……いや、ヒルキス帝国の帝都に乗り込みたいんじゃないだろうか。

確かに、聖域を完成させても、ヒルキス帝国がそれを無力化する魔道具を完成させたら、全て水の泡だ。私たちには時間がない。

「クリフォード殿下、その方法で大丈夫ですか？」

「ああ。陛下に話して許可をもらっているよ。ただ、状況によっては直接帝国に攻め込んでも構わない、とも言われている」

もしかしたら、このままヒルキス帝国と戦うことになるのかもしれない。

私たちは国境を抜けてヒルキス帝国に突入した。

龍脈がある地点の草原に到着するけど、そこには小屋と魔鉱石で作られたらしい柱のようなものが見える。

柱は、杭《くい》のように龍脈の場所に刺さっていた。なにかの魔道具だろうか。

遅れているジャックを待ったほうがいいのでは、と振り返ろうとすると、ダリオンが叫ぶ。

『サーラ国の守りがザルだったのは、ここに戦力を集中するためか！』

ダリオンが吠えて、足を止めずに柱に近づく。

隠れる場所がない草原だから、ジャックを待たず早急に対処したほうがいいと判断したからだ。

そして——聞きなれた声が聞こえてきた。

『あら？　もう来たの、ずいぶんと早いわね』

「えっ？」

そこで私が目にしたのは、ベルナルドの婚約者であるリーシェだった。

左右に束ねた金色のツインテールと、強気な表情。

けれどうまく表現できないが、以前目にした時とは雰囲気が違う。

柱の横に立つリーシェの存在に驚いた次の瞬間、私はさらに驚いた。

「――えっ⁉　どうして、ジャックがここに⁉」

ダリオンに乗っていた私とクリフォード殿下、そして並走していたミリー。

そして――なぜかその隣に、私たちと距離があったはずのジャックがいる。

ジャックが私たちに追いついたわけではない。

リーシェがいる場所に向かっていたはずの私たちが引き戻されているのだ。

全員が立ち止まると、リーシェが私たちに語りかける。

『サングが自害する前に、神獣の耳の良さを報告してくれたわ。神獣とノネットには、この距離でも聞こえるのでしょう？　あたしはイグドラ最高幹部の一人――ああ、今は魔法でリーシェの姿になっているから、リーシェよ。リーシェって呼んでね』

どうやら私たちが奇襲を対処できたことで、サングはダリオンの聴力の良さを察したようだ。

それをイグドラに報告されたのは痛手だと考えていると、ダリオンが呟く。

『奴はリーシェではない。リーシェの姿をした別人のようだ』

ダリオンは人の姿に変化できるのだし、魔法で顔も体型も声帯も変えることができるのかもしれない。

イグドラの最高幹部がリーシェの姿を借りているということは、本人は消されてしまったのだろうか……

それよりも、私たちの現状のほうが問題だ。

確かに龍脈のほうへ向かっていたのに、なぜか後ろに移動させられてしまう。

そんな私たちの姿を見て、リーシェが嬉しそうに口を歪めた。

『本物のリーシェはルゼア様が壊しちゃったから、公爵令嬢の立場をあたしにくれるってルゼア様が言ったの。だからあたしは喜んでリーシェになったわ！』

リーシェは嬉しそうに語っているが、余裕があるのはこの不思議な魔法で近づけないようにしているからだ。

たぶんあの柱は魔鉱石で作られた魔道具で、刺さっている地点は龍脈。

あれほどの大きさの魔鉱石と龍脈の力があれば、複数人を一瞬で転移させるという常軌を逸した魔法も可能だろう。

龍脈の力を私たちは身をもって体感しているから、イグドラがそれを利用してきたのは脅威だ。

動揺する私たちを気にかけることなく、リーシェの話は続く。

『ベルナルドに恋愛感情を持つなって条件つきだけど、あんなの好きになるわけないじゃない！』

『どうやらなにをしても、我らは接近できないようだ。それなら、魔法で攻撃する！』

自分語りを続ける偽リーシェを無視して、ダリオンが風魔法の攻撃を仕掛ける。

ミリーが火魔法の炎を加えて魔力を増し、龍脈に迫る。

すると、リーシェが手をかざした。見えない魔力の防御壁を張ったようで、ダリオンとミリーの魔法が防がれた。

『最高に気分がいいから教えてあげるわね。この柱の魔道具は、あたしが認めた人以外の侵入を拒《こば》むけど、魔法は通るわ。でもあたしは防御の魔法が得意なの。だから貴方たちはこの魔道具を破壊することはできないし、あたしに近づくことすらできないってわけ。優秀な部下もいるから、なにをしたって無駄なあがきよ！』

よく見ると、柱の近くには十人近くの魔法士が待機している。

しかし、彼らが攻撃してくる様子はない。

それを見たミリーが苦々しい声を漏《も》らす。

「時間稼ぎだね。龍脈の力も利用してるし、かなり厄介だよ」

「持久戦ということですか？　それでも、聖域の力がある私たちのほうが優位にあるはずです」

「魔法は通るし、相手が防ぐとしても限界はあるはずだけど……問題はイグドラさ。あいつらは今、必死になって聖域を無力化する魔道具を完成させようとしているだろう？」

『マズいな。それが完成すれば、我らに勝ち目はない！』

敵は近距離戦を魔道具で避け、魔法攻撃は防御壁で防いでいる。

距離がある分、聖域の影響はだいぶ下がっているとはいえ、強化された私たちの複合魔法すら通じていない。

「何度か攻撃を試してわかったよ……奴らは龍脈を魔道具だけじゃなく、魔法に利用することができるらしい。あの防御壁もそうだろう」

「本当ですか？　それでは、崩すのにかなりの時間がかかりそうです」

「ヒルキス帝国内の龍脈だから、念入りに調査することができたんだろうね」

リーシェは勝ち誇った表情で叫ぶ。

『あははは!!　テイマーの力を使うしかないんじゃない?』

「うっ――」

『一度ハーチス王国に戻っても構わないわよ。そうなればあたしたちヒルキス帝国の勝利だけどね!』

確かに敵の言うとおり――この状況を打破するには、テイマースキルの力を発揮するしかない。

「ノネット、ダメだ」

「クリフォード殿下」

「あの人がなにを言っているのか僕には聞こえないけど、ノネットを挑発しているんだろう?　乗せられてはいけない。敵の目的は、テイマーの力を使わせることだ」

そう言われて、私は冷静になる。

もしここで私が倒れたら、それこそ、全てが終わってしまう。

まだヒルキス帝国での戦いが控えている。

とにかく今は、テイマーの力を使わずに攻撃を仕掛けるしかない。

「あれだけの魔法をいつまでも使い続けられるとは思えません。とにかく魔法を使わせて、対処法を考えましょう!」

それから様々な方法を試したけど、一向に打開策は見えず、私たちの魔力は枯渇寸前になってしまった。

どんな手段を試しても、敵の防御を崩すことができない。

複数に分かれて攻撃したり、回り込もうとしたりしたけど、どれも失敗してしまった。

時間だけが過ぎ去り、仲間たちの表情にも焦りが滲《にじ》んでいる。

「いろいろ試しましたけど、敵が一番焦っていたのは、複合魔法を受けた時でした。あれをもう一度試すしか、方法はないように思います」

「我らに残った魔力から言って、これが失敗したら後がない。この一撃に全てをかけるんだ！」

私はダリオンの体に手を当てた。テイマーの力は使わず、ただ目の前の敵を倒すことだけを考える。

クリフォード殿下とミリー、ジャックがダリオンに魔力を流し始めると、リーシェの引きつった顔が見えた。

『うっ……いいえ！　この程度の魔力なら大丈夫です！　全員、意識を正面に集中させなさい！』

敵はイグドラ最高幹部だけあって、指揮能力が高い。手下の魔法士たちを動かしながら、私たちがどんな方法を取っても、瞬時に対処法を指示している。

そして、雄叫びを上げたダリオンが強力な風魔法の暴風を放った。

見えない魔力の壁が風を受け止めて、魔力が激突する。

しかし、龍脈の力を最大限利用している敵のほうがわずかに上だ。

「このままじゃ――」

テイマーの力を使う――その考えが頭をよぎったけど、それでは敵の狙い通りだ。まだヒルキス帝国との決戦があるのだから、力を温存しなくては。

『ほら、ほらね！　あたしの言った通り！　この程度の魔力じゃ傷一つ――』

リーシェの勝ち誇ったような声が、突如途切れた。龍脈に突き刺さった柱が砕け散り、人々が吹き飛んでいく。

『なっ――なにっ⁉』

ダリオンが放った風魔法は防がれたはず。それなのに、いったいなにが起きたというのか。

攻撃の余波で草原の大地が抉《えぐ》れ、砂煙が舞う。

それが消えた時――私たちは、なにが起こったのかを理解した。

そこにいたのはもふもふの毛並みと、綺麗なたてがみを持つ銀色のライガー。

その背にはボサボサの黒髪の青年が乗っている。彼は左右の腰に長さの違う剣を装備していた。

「ロア……！　それに、あの人は――」

リーシェたちは、私たちの繰り出した攻撃に集中していた。

そのおかげでガラ空きだった背後から、ロアが魔法で攻撃したようだ。

私たちの接近を防いでいた柱の魔道具は破壊され、敵は打つ手なしだ。

「これまで、ね……まあいい、十分時間は稼いだわ」

リーシェの姿をしたイグドラ最高幹部はどさりと地に倒れ伏す。どうやらサングと同じように、

自害したようだった。

その姿を見て逃げようとするイグドラの魔法士たちを捕らえると、ロアに乗った青年を見たミリーが叫ぶ。

「あんた、ユリウスかい⁉」

「ノネットさん、クリフォード殿下。あの人は冒険者のユリウス。冒険者の中でも姉さんと互角に戦えるほどの実力者です。まさか、こんなところで彼が助けてくれるなんて……」

「はい。私たちもユリウスさんのことは知ってます」

ジャックがユリウスの説明をしてくれたけど、私とダリオンは会ったことがある。

ヒルキス王国を追放された日、馬車を襲ったリザードウォリアーから助けてくれた、あの凄腕の冒険者だ。

ユリウスは私とダリオンを見て驚いているけど、私たちも彼がロアに乗って現れたことに驚いていた。

ユリウスがやってきて、私とダリオンに話す。

「よう、久しぶり。ちょうど君たちに会いにハーチス王国に向かおうとしていたんだが、ここで戦闘が起きていると知ってな。先にこっちへ来て正解だった」

『ふむ。お互いあれからいろいろとあったようだな。とにかく、我は結界を張ることにする』

ここは端とはいえ敵地だから、ダリオンとしては早急に結界を張っておきたいようだ。

私たちは今回の戦いで魔力が尽きそうだけど、ユリウスとロアは万全だ。

協力してくれるなら、これ以上心強いことはない。

私たちは休みを取りながら、ユリウスから話を聞くことにした。

これが終われば聖域は最大限の力を発揮できるようになり、その力はハーチス王国とヒルキス帝国に及ぶ。

ダリオンは龍脈に結界を張りながら、神獣の姿でロアと話をしている。

またもダリオンが用意してくれた木の家。

龍脈の力で魔力が回復していくのを自覚していると、ミリーがユリウスに尋ねた。

「まず聞いておきたいんだけど、ユリウスはどうして、ロアって子と一緒なのさ？」

「クリフォード殿下から聞きましたが、ロアは人間に懐かないのですよね？」

ジャックも気になっている様子なのは、私たちの話と違うからだろう。

人間を信じることはできないからと単身ヒルキス帝国で戦うことを選んだロアが、ユリウスを乗せていたことには私も驚いた。

「そうだな――まずノネットたちと別れたオレは、ヒルキスの内部を探るため王宮に潜入した」

「確かユリウスさんには、嘘を見破る魔道具が通じないんでしたね。だから、バレなかったということですか？」

ジャックが尋ねると、ユリウスは首を左右に振った。

「いや、それどころではない。王宮内は、オレと同じように内情を探ろうとする冒険者が他にもいた。ヒルキス帝国は、そうした密偵を捕らえては、魔道具で敵意があるか調べた後——ルゼアという少年の前に連れていった」

「それで、どうなる？」

「ただ質問に答えさせられるだけだ。しかし……あのルゼアという少年、あの恐ろしい魔力を前にすると、嘘をつけなくなってしまう。オレは従ったふりをしてなんとか逃げおおせたが、他の密偵たちは、皆ルゼアに心を折られた後にイグドラの力で洗脳されてしまった」

密偵たちは、冒険者ギルドから派遣されていたらしい。

しかし尋問されて一網打尽になることを考慮して、密偵同士でのやり取りは禁じられていた。

それでもギルドの有望な冒険者が何人も行方不明になっているそうだ。

ヒルキス帝国の内部を探ろうとしていた密偵たちは、ユリウス以外ルゼアによってやられてしまったということだった。

「ルゼアは全てが規格外だ。できることなら、もう二度と会いたくないぜ」

ユリウスが全身を震わせながらそう話す。

その時、ロアと会話をしていたダリオンが言った。

『ロアから話を聞いた。あの後ヒルキス帝国でモンスターを狩っていたロアは、ルゼアに敗れて王宮の牢屋に入れられていたところを、ユリウスに助けられたようだ』

「オレはルゼアの恐ろしさを知り、逃げ出そうとした。けど、捕らわれているロアを見捨てることができなかった」

ユリウスの話を聞いてロアが鳴き声を上げ、ダリオンが私に話す。

『ロアはユリウスに感謝している。これから、我らと共に戦ってくれるようだ』

冒険者として最高位の強さらしいユリウス、そして神獣候補だったロアが仲間になるのは心強い。

そう考えていると、ミリーがユリウスに尋ねる。

「それはいいことだけど、ノネットたちに会いに行こうとしてたってのはどうしてだい？」

「ああ、ヒルキス帝国の現状をノネットとダリオンに伝えたくてな」

ユリウスはクリフォード殿下を見て、一礼する。

「クリフォード殿下、改めて挨拶を……オレは、冒険者のユリウスです」

「クリフォード・ハーチスだ。ノネットから、貴方のことは聞いている」

「挨拶はそれくらいでいいだろ。それで、ヒルキス帝国を調査して、ユリウスはなにを知った？」

「いろいろだが、まず重要なことを話そう。ヒルキス帝国はイグドラと協力して、聖域を無力化させようとしている」

「そのことならもう知ってるけど、わざわざ言うってことは――」

「時間がないからだ。聖域を無力化させる魔道具は、すでにほぼ完成している。話によれば、三日後にはもう攻め込む算段をしている、ってな。それでオレは急いでハーチス王国に向かおうとした。そこに神獣が――ノネットとダリオンがいると聞いたからだ」

敵が時間稼ぎをしたのは、やはり魔道具の完成が間近だったからだ。

気になっていたことがあって、私は尋ねる。

「龍脈の力を得た聖域の強さはとてつもないものです。それを無力化するなんて、できるんでしょうか？」

ユリウスは神妙な面持ちでうなずいた。

「魔結晶の力は、想像を絶する……あれをベースに作られた魔道具には、それが可能らしい」

龍脈によって強化された聖域の力でさえ無力化する――それはにわかには信じがたい話だった。

「もうハーチス王国に戻る時間はない――聖域が完成し次第、帝都に突入し、聖域を無力化する魔道具を破壊しよう！」

ユリウスが言うには、王宮にある黒い魔結晶が聖域を無力化する魔道具のようだ。

一度稼働し始めた魔結晶は、破壊すれば魔力が暴走して爆発を起こす。

私たちは、なんとしてもその魔道具が稼働する前に破壊しなければならない。

「僕もそうするしかないと思うけど……ノネットは大丈夫？」

クリフォード殿下が心配そうに私の顔を覗き込む。

私は、この時のために備えていた笑顔で答えた。

「はい！　私も戦います！」

ヒルキス帝国との決戦が、始まろうとしていた。

◇◆◇

ベルナルドは、ヒルキス帝国の体制は盤石だと思っていたが、問題が発生した。

ハーチス王国の龍脈に、神獣ダリオンの一行が現れたそうだ。

報を受けたイグドラは、即座に侵攻を止めて、戦力を帝都に集結させ始めた。

どうやらルゼアは、龍脈に神獣が結界を張ることを危惧《きぐ》していたようだ。

これはどうも由々しき事態らしい——玉座に座るベルナルドは、そばにいるルゼアを見やった。

表情には出さないが、ルゼアはだいぶ苛立っている様子だ。

「ユリウスを、最高位の冒険者を侮《あなど》っていた。まさかここまで僕の計画が狂わされるとは思いませんでした」

ルゼアをよく知らない人間が聞けば淡々としているように聞こえるだろうが、ベルナルドには彼が焦っているのがわかる。

とはいえ、そんな場面をベルナルドが見るのは初めてだった。

密偵に入っていた冒険者たちはすべて洗脳したはずだった。

だが冒険者の一人ユリウスが、洗脳されたふりをして逃げ出した。

捕らえていたロアを逃がし、聖域を無力化する魔道具の情報も知られたと聞いている。

ロードが守っていたことで魔道具が破壊されるという最悪の事態は免れたが、計画はかなり狂っているようだ。

三人いたイグドラの最高幹部はロード以外倒され、残りの幹部は魔道具の作成にあたる数人しか残っていない。

戦力は激減している。

取り逃がしたユリウスがハーチス王国に情報を流せば、攻め込まれるのは時間の問題だ。聖域が完成したハーチス王国を攻めなければ、逆にヒルキス帝国が滅ぼされてしまう。

「イグドラは壊滅状態。帝国の戦力は激減している。僕はただ、兄様に完全な王の地位をお渡ししたいだけなのに――」

優秀なのは知っているが、ルゼアはまだ十六歳だ。

今までもルゼアは何度も誤りがあったはず。それでも絶対的な力で、それを誤りだと思わなかったのだろう。

ルゼアにとって重要なのは、ベルナルドに世界中を跪《ひざまず》かせることだけだ。しかしこれで、その夢が大きく遠のいた。

それにショックを受けているのは間違いない。このタイミングだ――と、ベルナルドは演技がかった口調でルゼアに語りかけた。

「やはりノネットは素晴らしいな。神獣を育て上げただけでなく、このヒルキス帝国をここまで追い詰めるとは！　ああ、リーシェではなくノネットを俺の婚約者にしておけば良かった」

――ルゼアの前で、ノネットの力を褒める。

今まで平民の身でベルナルドのそばにいたというだけで、強く嫉妬していたルゼアだ。

そのノネットをベルナルドが褒めることは、どうやらルゼアにとって最大の屈辱らしい。

今までのルゼアの言動を思い返すと、これはルゼアにとって一番聞きたくない発言のはずだ。

もちろん、本心ではない。

全ての元凶がノネットにあると考えているベルナルドは、ルゼアを煽《あお》り、ノネットを確実に仕留めさせるためにわざと彼女を褒めたのだ。

「――兄様、今、なんと言いましたか？」

その効果は絶大で、全身を震わせたルゼアはベルナルドをひたと見つめた。

ルゼアは目を見開いて、自分自身に激昂《げっこう》している様子だ。

「リーシェではなく、ノネットを婚約者にしておけば良かったと言ったんだ。俺は後悔している。ノネットがここまで優秀だとは思わなかった」

「そうですか。確かに今の僕は不甲斐ない。兄様がノネットのほうが上だと考えるのも……っ!!」

ベルナルドは、ルゼアが今なにを考えているのか、まったくわからない。

煽《あお》ったのは自分だが、ルゼアがここまで取り乱すとは思わなかった。

そしてルゼアは、一瞬で元の無表情に戻る。

どうやら冷静になった様子で――ベルナルドはぞっとした。

無表情ながら、そこには静かな怒りが渦巻き、とてつもない威圧感を放っていた。

ベルナルドは敵意を向けられていないから平然としていられたが、この場に他の者がいたら、間違いなく意識を失っているはずだ。

それほどの迫力が、劇的な変化が今のルゼアにはあった。

（神童と呼ばれ、挫折を味わったことのなかったルゼアが敗北感を覚えたことで、ここまで豹変す

るとは）

ベルナルドが知る限り、ルゼアは失敗を経験したことがなかった。

これは今まで生きてきて、初めて味わう屈辱なのかもしれない。

ルゼアは、決意のこもった目でベルナルドを見つめ、宣言する。

「そうだ。あんな役立たずどもは必要ない。その気になれば僕一人で十分だ。……例の魔道具が完成し次第、予定通りハーチス王国を滅ぼします」

「そ、そうか！」

「ユリウスが情報を持ち出したので、ノネットたちが攻め込んでくる可能性のほうが高そうですね。その場合は例の魔法具を使い、ノネットたちを返り討ちにするだけです」

神獣が全ての龍脈に結界を張り終えたという報告は受けていた。

今頃ノネットたちは、ヒルキス帝国の龍脈があった場所から帝都に向かっているはずだ。

ルゼアはそれを迎え撃つ準備をしている。

「兄様には特等席でノネットの死を見ていただきたい。同行してくださいますよね？」

ベルナルドの全てを奪ったノネットが、目の前で命を散らす。

その光景を目にしなければ、これまでの鬱憤は晴れないだろう。

「無論だ。決戦の時を、待つことにしよう」

神童と神獣による決戦の火蓋が、落とされようとしていた。

第五章　帝国

私たちは龍脈を全て巡り、木の小屋で休んでいた。

夕方には結界を張り終えたけど、魔力を回復するために休む必要がある。

明日――私たちは夜が明けてすぐにヒルキス帝国の帝都へ向かい、聖域を無力化する魔道具を破壊する。

私たちは木で作られた大部屋に集合して、明日の行動を相談していた。

ダリオンは人の姿で参加している。

「ノネット。昨日の戦いでかなり力を使っていたが、大丈夫か？」

「私なら平気よ」

「それならいいが……明日は決戦だ。だがテイマーの力を使うのは極力控えてほしい」

「昨日の戦いも危険だった。ダリオンの言うとおり、ノネットはもっと自分を大事にしてほしい」

心配してもらえるのは嬉しい。だけど、テイマーとしての力を使わないわけにはいかないだろう。

私が決意を固めていると、ミリーが語り出す。

「明日、あたしたちはヒルキス帝国の帝都に乗り込む。龍脈の力を解放して、聖域は完全な状態になった。準備は万端……と言いたいところだけど、ここまでしてもヒルキス帝国、というより神童ルゼアを止められるかは、正直微妙なんだよね」

「ルゼアは、一人でロアを一蹴したと聞いた。だが、我の視界に入れば聖域の力で弱らせることができるだろう」

「もう時間が残されていない。オレは逃げる前に魔結晶を破壊しようとしたが、イグドラの最高幹部ロードが守りを固めていて、無理だった」

「稼働する前なら魔結晶は魔力による爆発を起こすことなく破壊できるから、相手も警戒していたようだね」

聖域を無力化する黒い魔結晶は、その力を発揮するために様々な魔鉱石を取り込み、特殊な魔法をかけられているらしい。

ユリウスの話では明後日に稼働する予定ということだ。

「さすがユリウス。そこまで詳しく調査するなんて」

ジャックは目をキラキラと輝かせてユリウスを見る。ミリーはそれが気に入らないようだ。

ロアの銀色の毛並みを撫でながら、ユリウスが言った。

「ルゼアに支配されたふりをしていたからな。向こうの兵として戦況を把握するためとか理由をつけたら、簡単に教えてくれたぜ」

ユリウスは有能な冒険者だ。向こうにとっても味方になれば重要な戦力になる。だから、機密情報を知ることができたのだろう。

他の密偵たちは皆ルゼアに洗脳されきっていたということだから、油断もあったのかもしれない。

戦いになれば、ルゼアは黒い魔結晶を死守するだろうから、総力戦になる。

龍脈の力を受けた聖域の影響はヒルキス帝国全土に広がっている。

ルゼア以外は皆に任せて、私は全力で、ルゼアを倒す――

決意を新たに、私たちは最後の夜を過ごした。


明日についての話し合いを終えて、私たちは眠ることとなった。

ダリオンが作ってくれた木の小屋には、家具などはないけれどいくつも部屋があって、個別に休めるようになっている。

ロアはすっかりユリウスに懐いているようで、一緒の部屋でいいそうだ。

人間を信用することはできないと私たちのもとを去った時のことを思うと、なんだか嬉しい。

私はダリオンが眠りについたのを確認すると、小屋の外に出て、星空を眺めた。

「ルゼアに勝つ方法があるとすれば、テイマーの力だけ」

ロアを一瞬で倒し、ミリーも勝てないと断言した神童ルゼア。

聖域の力がどれだけ強力だとしても、私は最悪の事態を想像してしまう。

――明日になれば、ヒルキス帝国との決戦が始まる。

今のヒルキス帝国は、私たちがいた頃とは比べ物にならない。

魔法研究機関イグドラにいるという三人の最高幹部のうち二人は倒したから、残りは首領のロードだけ。

そして、ルゼア――問題は、ルゼアを倒すことができるかだ。

そう考えていた時だった。

「ノネット。ここにいたんだ」

そう言って声をかけてきたのは、クリフォード殿下だった。

部屋に姿がなかったから、捜してくれたのだろう。

私はクリフォード殿下に頭を下げる。

「ごめんなさい。明日全てが終わると思うと、緊張してしまって」

「謝る必要はないよ。僕だって同じ気持ちだからね――ノネット。明日、テイマーの力は使わないでくれ」

それはずっと、クリフォード殿下とダリオンに言われ続けてきたことだった。

テイマーの力は強力だ。その力は私の身を滅ぼすかもしれない。

だからダリオンも、クリフォード殿下も、そう言い続けてくれている。

その思いは嬉しいけど、やっぱり決意が変わることはない。

これで最後かもしれない。

そう思うと、想いを伝えるチャンスは、今しかない。

「クリフォード殿下に――伝えたいことがあります」

ルゼアとの戦いで劣勢になれば、私は自分を犠牲にしてでもルゼアを倒す。

そんなことをすれば、私はこの世界から消えてしまうかもしれない。

だから最後に、殿下に想いを告げておきたかった。

平民だからとか、そんなことを気にしても仕方がない。どんな返事でも、後悔することなく消えることができる。

その時ふと、クリフォード殿下が寂しそうな表情で私を見ていることに気づいた。

「ノネット。先に僕から、話しておきたいことがあるんだ」

「な、なんでしょうか？」

出鼻をくじかれてしまって戸惑ったけれど、殿下の話したいことも気になる。

鼓動が速くなる中で、クリフォード殿下が話す。

「ノネットとダリオンが城にやってきた時、二人は昔僕の命を救った冒険者の仲間と紹介した、と言ったね」

「？　そう、でしたね」

殿下がなにを言おうとしているのかよくわからず、私は首をかしげる。

「昔僕の命を救った冒険者というのは、本当にいたんだ。その冒険者は僕と同い年の男で——僕の親友だった。強くて、責任感が強くて……それで、スキルの力を制御できず亡くなった」

「そういう、ことでしたか」

「あいつが生きていた頃——ハーチス王国に来る度に、あいつはスキルの力で人々を救ったことを僕に話してくれた。これは人の役に立つ、最高の力なんだって誇らしげにしていた」

その冒険者は、きっと私とは少し違う。私は人のためじゃなく、クリフォード殿下のためにとそればかり考えてしまうから。

それでも、私とその親友を重ねているのだろうか——殿下は、寂しそうな表情をした。

「僕は尊敬して、心から応援していた。あいつならなにが起きても大丈夫だと、勝手に思い込んでしまった」

その声には後悔が滲《にじ》んでいて、私は理解する。

そんな過去があったから、初めて出会った時、テイマーのスキルの力を持つ私に興味を持ってくれた。そして力になりたいと言ってくれたのだろう。

「最初は、親友を失った後悔からだった。だけど今はこうしてノネットと出会えて良かったと、僕は心から思っているよ」

「……はい」

「ダリオンを想い、人々の力になろうとする君を、僕は素敵だと思う。僕は今、目の前にいる君を守りたい」

「あ、ありがとうございます」

「さっき、僕に伝えたいことがあると言っていたよね。……それは明日の決戦で、二人で生き残ってから聞かせてくれないかな?」

スキルを制御できず亡くなった、クリフォード殿下の親友。

私はテイマーのスキルで、同じ結末を辿るかもしれない。

クリフォード殿下は優しい人だから、私に未練を残させて、繋ぎとめようとしているんじゃないだろうか。

それでも私の考えは、クリフォード殿下のためなら命をかけても構わないという考えは、変わらない。

「――わかりました」

全滅してしまったら、どちらにせよ想いを伝えることはできない。

たとえそうなったとしても、私は私にできることをする。

私は改めて、決意を固めるのだった。


翌日、決戦の日――私とクリフォード殿下は、ダリオンの背中に乗って平原を駆けていく。

ロアの背中にはユリウスとジャックが乗って、ミリーは走っていた。

「ううっ……あたしも神獣の背中に乗りたかったのに……」

『これが一番合理的だ。ロアはユリウス以外の人は乗せたくないようだがな』

「僕が遅いせいで、すみません。戦力になれるか不安ですが、できる限りのことをします！」

「ジャックは十分強い。自信を持て」

「はい、ユリウスさんっ！」

「ぐううっ……」

ミリーがものすごく悔しそうにしているけど、弟を取られたと思っているのだろうか。ロアと親しいことにも嫉妬して、ユリウスをものすごく羨《うらや》ましそうに見ている。

私たちは聖域の力もあって、今までで一番の速度で移動していた。

もうそろそろ帝都に到着しようという時、後ろからクリフォード殿下の声が聞こえた。

「帝都の中で戦えば、民たちが混乱する。おそらく敵は、帝都に入る前に迎え撃つはずだ」

ヒルキス帝国の帝都にはいくつも門があるけど、私たちは最短で王宮に向かい、魔結晶を破壊するルートをとる。

今の私たちなら、ルゼアとロード以外は敵ではないとユリウスは言う。

油断しているわけではないが、私たちも同意見だった。

昼すぎ――帝都の門に到着した私たちの前には、大量の兵士たちが陣を組んでいた。全力で迎え撃つ気のようだ。

「あの程度でオレたちを抑えられるわけがない。明らかに時間稼ぎだ。だが、オレたちがここに現れたと知られれば、いずれルゼアかロード……あるいはその両方が、来るだろう」

ユリウスがそう言うと、私たちに気づいた敵兵が、一斉に動く。

それと同時に、平原にいたモンスターの群れが、私たちに向かってきた。

『どうやらまずはこの兵たちとモンスターが相手のようだな！』

ダリオンが吠える。

数はすごいが、完成した聖域の力を得た私たちの敵ではない。私たちは敵兵を蹴散らしながら、門の中へ進んだ。

◇◆◇

ベルナルドはルゼアとロードと一緒に、門の近くで魔道具を使い、戦況を見守っていた。

遠くにいるノネットたちとの戦闘を見るに、現状は明らかに、ヒルキス帝国が劣勢だ。

神獣ダリオンと人造神獣ロア。

ロードから聞いた優秀な冒険者ユリウス、ミリー、ジャック。

ハーチス王国第三王子クリフォードの姿も見え、そしてテイマーのスキルを持つノネットがいる。

二頭と五人――ヒルキス帝国は数で圧倒しているのに、ノネットたちは無傷で突破していく。

モンスターの群れや、帝都に集めていた兵士やイグドラの魔法士たちでは時間稼ぎにしかならない。

力の差は歴然だった。

これが神獣の力、龍脈で完成した聖域の力――ノネットが持つテイマースキルの力だと思うと、ベルナルドははらわたが煮えくり返りそうだった。

「ノネット、お前さえいなければ――」

ノネットたちは、帝都に入る門の目の前まで来ていた。

平原にいたはずの大量のモンスターたちはほとんど消滅し、兵士と魔法士には早くも限界がきている。

多少の足止めにはなったようだが、もう数分も持たないだろう。

もしこのまま負ければ、ヒルキス帝国は終わってしまう。

こうなれば切り札のルゼアが動くしかないとベルナルドは考え、叫ぶ。

「ル、ルゼア！　お前が一番強いのにどうして動かない⁉」

取り乱したベルナルドの発言に対して、ルゼアが呟く。

「僕とロード以外は必要ないからですよ」

「必要ないだと？」

「はい。あれはただの時間稼ぎ。そもそも僕たちがここにいる時点で、ノネットたちに勝ち目はありません」

ルゼアのそばに控えていたロードも続けて口を開く。

「憐《あわ》れな奴らです。龍脈の力で強化され、うぬぼれているのでしょう」

「そうか……それならいいんだ」

ルゼアとロードの発言を聞いて、ベルナルドは安堵する。

ルゼアは龍脈を奪われたと聞いた時は焦っていたが、今は冷静だ。

そしてロードが、そんなルゼアを全力で支援する。

この二人は間違いなくヒルキス帝国の要で、負けるわけがない。

「ルゼアと勝負になる者など、この世界に存在しないだろう」

「ベルナルド陛下のおっしゃるとおりです。こうなることはユリウスがロアと逃げた時点で予測できていました。……多少範囲は狭くなりますが、準備していた魔結晶で聖域の無力化を行います」

そう言って、ロードは兵士たちに運ばせていた箱を開けた。中から黒い結晶が現れる。

地下に設置している魔結晶のそばでは使えないようで、本来はハーチス王国との国境で稼働させる予定だったらしい。

効果範囲を狭めることで地下にあるモンスター召喚の魔結晶と干渉させず、聖域の力を弱めるそうだ。

「行く前に――兄様、この剣を受け取ってください」

「ああ。なんだ、これは？」

ルゼアに剣を渡されて、ベルナルドは唖然とした。

禍々《まがまが》しい形状の漆黒の剣――それは見るからに危険なものだ。けれどベルナルドは、不思議とその剣に魅了されていくのを感じた。

「念のためロードに用意させた、護身用の剣です」

「もし敵がベルナルド様を狙った場合、その剣が守ってくれるでしょう」

ルゼアたちはベルナルドを戦力として期待しているわけではないらしい。

「そばでお守りしたかったのですが、ノネットたちを倒せるのは僕だけですので」

「そ、そうだな。頼んだぞ！」

今一番ルゼアが欲しいであろう言葉を、ベルナルドは告げる。

ルゼアは強くうなずき、無邪気な子どものように笑った。

「はいっ！　必ずやこの戦いに勝利して、兄様を世界一の王様にしてみせます！」

その言葉と同時に――黒い魔結晶が輝き出した。

どうやら魔道具として稼働し始めたらしい。

ルゼアが扉に向かって歩き、ロードに声をかける。

「ロード、補助を頼む。僕のサポートができるのは、お前しかいない」

「微力ではございますが、イグドラ首領の名に恥じぬよう努めましょう」

「兄様は、僕の戦いを見ていてください。――行ってきます」

そう言って、ルゼアとロードが戦場に向かった。

それを眺めていたベルナルドは、腰に差した剣の柄を握りしめる。

剣には魔力が込められているのだろう。握るだけでとてつもない力が自らに宿るのを感じた。

魔道具がなくても戦場がよく見えるようになり、なんでもできるように思える。

力を得たベルナルドは自信に満ち、ノネットのいるほうを睨《にら》んで叫ぶ。

「ルゼアよ。お前がもしやられたとしても心配するな。あの女……ノネットだけは、俺が必ず討ってやる！」

ベルナルドは剣を握り締め、高らかに笑った。

◇◆◇

王都に入るための戦いは佳境に突入して、ヒルキス帝国の戦力は確実に減っていた。

戦闘が始まった時から、ダリオンは人の姿で魔法を使っている。

ロアから降りたユリウスとジャックもモンスターを蹴散らし、私とダリオンは後方で魔法を使う。

クリフォード殿下は私のそばで護衛をしてくれた。

「イグドラは、聖域を無力化する魔道具を稼働させたらしい……だが、威力は完全ではないようだ。敵を弱らせることはできなくなってしまったが、聖域の力による我らの強化は変わっていない」

「これなら、ノネットはテイマースキルを使わなくて良さそうだね……良かった」

クリフォード殿下は安堵しているようで、少し胸が痛い。

その時、空気が変わった。

ヒルキス帝国の兵士たち、魔法士たちはなにかを恐れるように逃げていき、門の近くにいた二人だけが残っている。

人気《ひとけ》のなくなった戦場に、小柄な少年と長身の青年が現れた。

他の人たちとは別格に見える司祭服、そして先端に宝石がついた肩くらいまである長く威厳のある杖。長身で、白髪を後ろに撫でつけた眼鏡の青年は、イグドラ最高幹部のロードのはず。

その前を、小柄な少年が体躯《たいく》に合った剣を持って歩く。

「あれが、神童ルゼア……」

王宮にいた頃、何度か見たことがあるけれど、戦場でのルゼアは初めてだ。

後ろで結んだ、長い金色の髪。赤く大きなつり目の美少年。

穏やかそうな雰囲気の彼は、しかし不気味な無表情で歩いてくる。

私たちは動くことができない。

――今まで関わってきた人とは、強さの次元が違いすぎる。

膨大な魔力で人々を威圧すると聞いていたけど、聖域の力で強化されていなければ心が折れていたかもしれない。

一目見ただけで、今まで出会ってきたどの生き物よりも強いと、本能で理解した。

ルゼアが歩いてきたのは、ヒルキス帝国の人たちが逃げる時間を作っていたのだろう。

この戦いに巻き込まれたら、生きて帰れないから。

緊迫した状況で、まだルゼアたちとは距離があった。

そして、神獣と聴覚を同調できる私は、ルゼアの声を聞く。

『僕の兄様への想いが勝つか、お前たちの世界を守る思いが勝つか――決めようじゃないか』

その発言と同時に――ルゼアが動く。

一瞬の出来事だった。

私に向かってきたルゼアを、ミリーが遮《さえぎ》る。

ミリーが攻撃を受け止めて、その隙に背後からユリウスが剣を食らわせようと考えていたに違いない。

私の遥か後方にミリーが吹き飛んだのは、ルゼアの突きを受け止めた衝撃によるものだ。

さらにルゼアはユリウスの剣よりも早く動き、回し蹴りを叩き込む。

「ぐぅっ――⁉」

剣の攻撃に力を込めていたから威力はあまりなかったらしく、ユリウスは腹部に力を込めて蹴りに耐え、ルゼアの脚を掴んだ。

「今だ‼」

ジャックが斬りかかり、ダリオンが風魔法で攻撃に入る。

しかし風魔法は横からの暴風――ロードの放った魔法で打ち消され、ジャックの攻撃は剣で止められた。

即座に足に力を込めたルゼアはユリウスの手を振り払い、ロードのもとに向かって体勢を整える。

ロアが迫っていたからだ。ロアは、ルゼアから離れるように私たちのもとに戻った。

ダリオンが震える声で呟く。

「異常な強さだ。聖域の力がなければ、ミリーは確実に死んでいた」

「悔しいが同意見だよ。威力を抑えようとしてもこのざまだ……ノネット、回復を頼めるかい？」

私のそばにミリーがやってきたけど、口からは血が流れている。

すぐに回復魔法をかけていると、ルゼアとロードの話が聞こえてきた。

『ロード。今の支援でいい』

『はい。私はルゼア様に迫る魔法を打ち消すことに専念していますから。彼らとしては、先に私を消したいはずです』

『そのほうが好都合だ。奴らは全員が一丸となってようやく勝負になる程度。戦力が削れた瞬間にノネットを殺せる』

『警戒すべきはテイマーの力のみ。しかし策はあります』

二人は余裕の様子で話をしているけど、距離があっても私とダリオンには聞こえることを知っているはず。

聞かれても構わない、むしろ聞かせることで私の精神を不安定にさせようと考えているのか。

テイマーの力への対策があるというのは本当なのか、それともはったりかはわからないけれど、二人はまだ余裕があった。

話には聞いていたけど、ルゼアの登場でこうも戦局が変わるとは……

回復魔法で完治したけど、いまだに青い顔をしたミリーは、震える声で話す。

「正直さ。この聖域の力があれば勝てるんじゃないかって思っちまってた。けど、あんなバケモノ相手じゃあ……」

「それでも、やるしかないだろう！」

ユリウスがミリーを励まして、剣を構えなおす。

私も覚悟を決め、皆に告げた。

「……テイマーの力を使います。まずは、皆に肉体強化の加護を」

「ノネット……わかった」

クリフォード殿下は渋々ながら納得してくれて、ダリオンが人の姿から神獣の姿になる。

この前の戦いで、本来の姿のほうがテイマーの力を発揮できるとわかったのだ。

私はダリオンに触れながら、魔力の光を仲間たちに与えた。

ダリオンが一番力を得て、クリフォード殿下、ユリウス、ロア、ミリー、ジャックをさらに強化する。

そして、動揺せず行動した私を見て、ルゼアが再び向かってきた。

私のそばには、ダリオンとクリフォード殿下がいる。

ミリーはルゼアの一撃を、今度は受け止めた。しかしじりじりと押されていて、足が地面を抉《えぐ》る。

「ノネットの力で強くなったってのに――これでも、勝てる気がしないね」

「当然だ。僕とお前たちとでは、格が違うのだから」

話をしながらも、ルゼアはミリーを圧倒していく。

さっきまでと違って、ルゼアの人間離れした動きについていくことはできた。

それでもルゼアは、私たちの動きを完全に読み切って反撃してくる。

互角に戦えているように見えるが、それは私が負傷した瞬間に皆を回復しているからだ。その分魔力は減っていく。

数分程度の戦闘だというのに、ものすごい疲労感が私を襲い、全身が重くなる。

そして敵はルゼアだけではない、ロードが私たちの魔法攻撃を全て防いでいる。

先に倒したいけれど、ルゼアを自由にはさせられないので、ロードに迫るのは難しい。

私が回復しているから、ルゼアの体力が先に尽きるはずなのに、ルゼアの顔に疲弊の色は見えない。

「それなら、もう――」

今まで私は、意識を失わない程度にと力を調整してしまった。

こうなったら――テイマースキルを全力で使うしかない。

私は加護の力を、さらに強めた。

先ほどまでの疲労感が消えて、体が軽くなっていく。

もしかしたら、私の命が尽きようとしているのかもしれない。

――最期にルゼアと相打つ。

テイマーの力を全て使い切り、この身を失くしても構わない。

「――ぐっ⁉」

そう決意して、皆の強化をする。

すると、これまで無傷だったルゼアが、ついに接近したダリオンの爪を受けた。

ダリオンが、今こそ好機と攻撃に出たのだ。

ロードがルゼアに回復魔法を使おうとする。

その隙を突いて、皆が一斉に魔法攻撃を仕掛ける。

状況は、一気に私たちに傾いた。

「ルゼア様！　ここまで力を使ったノネットの命はあとわずかです！　予定通り防御に集中してください‼」

ロードの叫び声が聞こえる。それがテイマーの力への対策なのだろうか。

今まではルゼアの猛攻から私に回復魔法を使わせて魔力を切らそうとしていたけど、全力のテイマースキルを見て守りに徹するようだ。

小癪な手だけれど、確かにここまで力を使った以上、もうもたないことは私自身が一番わかっている。

ここでルゼアが防御に徹して時間を稼いだりしたら、私の命が尽きる前に倒せない――

絶望しそうになった私は、突然力が湧き上がるのを感じた。

「――えっ？」

これだけの力を使えば、魂の力まで使い切って、私は消滅する……そう思っていたのに、一向にその時は訪れなかった。

ふと気づくと――私の隣で、クリフォード殿下が手を握ってくれている。

「クリフォード殿下……どうして？」

そう呟きながら、私は気づいた。

クリフォード殿下の手から、力が流れ込んできていることに。

「スキルの力が君の命を、魂を奪うというのなら――僕の魂も捧げる。ノネット、君を一人で戦わせたりしない」

殿下は私に微笑みかける。

私は泣きそうになった。

クリフォード殿下は、私のために命を捨てるというのか。

それがハーチス王国のためではないというのは、受け取った魔力からわかってしまった。

クリフォード殿下の魂が私の魂と繋がって、その心が伝わってくる。

前のテイマーだった冒険者は、一人で戦ってきたと、ミリーは言った。

誰かを守るために戦い、最期を迎えたのだろう。

それは、スキルの力で命を失った、クリフォード殿下の親友も同じだったのかもしれない。

けれど私は今――一人じゃない。

クリフォード殿下と二人で、この戦いを生き延びたい。生きてあの国に帰りたい。

一気に優勢となった戦況で、ロードがルゼアを守ろうと走る。

ロアの攻撃を杖で防ぎながら、ロードは必死に叫んだ。

「テイマーのスキルを二人で使うだと⁉　私は知らない、聞いたことがない、ありえない！　それでもルゼア様が負けることなど、あってはならないぃっ――っ⁉」

ロードは、死に物狂いだった。ルゼアを回復しつつ、私とクリフォード殿下に杖を向けようとするが、ユリウスがロードを斬り、ロアが噛みついて仕留める。

ルゼアが私のもとに迫るけど、もはや互角の強さになったミリーが立ちはだかる。

クリフォード殿下が、ルゼアに叫んだ。

「ルゼア！　これで終わりだ！」

「そんな――この僕が負ける⁉　僕は兄様の望みを叶えたいだけなのに‼」

ルゼアは、激昂《げっこう》しながら私を睨《にら》みつける。

ミリーとジャックの攻撃を何度も受けたルゼアが体勢を崩した瞬間、ダリオンが飛びかかった。

ダリオンが噛みつき——瀕死となったルゼアは、意識が朦朧《もうろう》としているようだ。

ルゼアは全身を振り回して強引に引きはがすが、ロードがいないから肉体が回復しない。

『これで終わりだ！』

ダリオンが叫び、トドメを刺そうとした瞬間——ルゼアが動く。

攻撃を受けても止まらず一気に接近して、私の目の前に刃が迫る。

「兄様のためにも——ノネット！　お前だけは排除する!!」

必死なルゼアの叫び声。

速すぎて、私は避けられない。

思わず目を閉じると——剣と剣が交わる音が聞こえた。

そして目を開けた時、そこには殺意を剥き出しにして私を睨《にら》むルゼアと、クリフォード殿下の後ろ姿があった。

テイマースキルの力か、クリフォード殿下はルゼアの攻撃を防いでいる。

攻撃を受け止めたクリフォード殿下を睨《にら》みながら、ルゼアが叫んだ。

「お前——お前の存在が想定外だ！」

「——僕は、絶対に怯《ひる》まない！」

殺意を目に込めるルゼアから、クリフォード殿下は一歩も引かない。

これで全てが終わると、私は勝利を確信した。

「まだ――だァッ‼」

その瞬間――ルゼアが咆哮《ほうこう》を上げ、一瞬意識が飛んだ。

どうやらルゼアが最期に、体内の魔力を全て解き放ったようだ。

膨大な魔力の閃光が全てを消し飛ばす。

間近で受けた私たちは吹き飛んだらしい。

即座にダリオンが魔力で打ち消してくれたおかげで、皆は意識を失って倒れるだけで済んだ。

それをダリオンの行動から知り、私だけが立ち上がる。

前にいたクリフォード殿下が盾になってくれて、ダメージが少なかったようだ。

「皆！　大丈夫ですか⁉」

叫ぶけど、皆の返事はない。

急いでクリフォード殿下に触れると、意識を失っているだけで、私はほっと息をつく。

他の人も確認しないと――そう考えた次の瞬間、目の前に剣が迫る。

最期の瞬間、ルゼアは微笑みを浮かべていた。

その理由は――私の目の前で、剣を向けるベルナルドにあったのだ。

「終わりだ、ノネット‼」

どうやらこれが――自分が敗れたとしても私の命を奪うことが、ルゼアの狙いだったようだ。

私を庇《かば》ったことで、クリフォード殿下は意識を失っている。

他の皆も倒れて動けなくて、私のそばには誰もいない。魔力も使い果たしている。

今度こそ終わりだ——そう諦めた時、ダリオンの肉体が、ベルナルドの剣を受け止めた。

「ダリオン⁉」

『貴様はノネットに殺意を持っていたからな、好機があれば必ず動くだろうと思っていたぞ！』

テイマーの力の恩恵を最も強く受けるダリオンは、ルゼアの最期の攻撃を受けても無事だった。

それでも満身創痍だけど、ベルナルドの動きを察知したらしい。

イグドラ最高幹部と違い、今まで戦ったことがないベルナルドは、殺意を消して近づくなんて技術は持っていないようだ。

好機を逃したベルナルドは、歯を軋ませながら悔しがる。

「このっ！　また貴様が‼　俺の邪魔をするというのか⁉」

『当然だろう——そして、これで終わりだ‼』

魔力が尽きそうなダリオンの動きは鈍い。それでも構わず突進し、ベルナルドが剣で防ぐ。

ベルナルドが俊敏に動き攻撃を防ぐけど、私には信じられない。

後ろに飛び退《の》いて距離を取ったベルナルドは、高笑いをした。

「ははははっ！　ルゼアとの戦いで力を使い果たしたようだな、ダリオンよ！　だが俺にはこの剣がある！」

『……馬鹿な奴だ』

勝ち誇るベルナルドを、ダリオンが憐《あわ》れむ。

その姿が気に障ったのか、ベルナルドが激昂《げっこう》した。

「その声、貴様が出ていった時とまったく同じだ……！　俺を馬鹿にしているんだろう。だが、それが貴様の最期の言葉だ！」

『過ぎた力は、身を滅ぼすだけだ。ベルナルドよ』

ダリオンが呟くと、ベルナルドの体に異変が起こる。

私たちを睨《にら》みつけたまま動かなくなり、膝を突いて剣を持つ右手を眺めた。

唖然とした様子で、全身を震わせながらベルナルドが叫ぶ。

「ぐぅっ!?　剣に力を吸い取られて……剣が離れないっ!?」

「自分の限界以上の力を使い、消滅しようとしている……？」

どうやらあの剣は、スキルに近い力を持つようだ。

決意すれば限界以上の力を得ることができるようだけど、制御できなければ命を落とす。

クリフォード殿下がいなければ、私も同じような末路となっていたかもしれない。

「馬鹿な!?　俺を溺愛しているルゼアが、そんな危険な剣を渡すわけないだろう!!」

「溺愛……？　ルゼアは最期に微笑んでいました。あれは……」

あの微笑みは、ベルナルドが自分の遺志を継いで私を消してくれると確信したからだと思っていた。けれど、この場で兄と共に死ねることが、ルゼアは嬉しかったのかもしれない。

「ルゼア――まさか、最期の時まで一緒とは、そういう……!?　嫌だ！　ノネット、お前なら助けられるだろう!?」

邪剣が右手から離れなくなったベルナルドが叫ぶが、私たちは力を使い果たしていて、どうすることもできない。

『馬鹿が、自業自得だ』

そう呟いたダリオンに、悲痛な面持ちのベルナルドが叫ぶ。

「嫌だ――助けてくれぇぇぇ――!!」

ベルナルドは断末魔を上げ、意識を失って倒れる。

放り出された手から剣が落ちているから、間違いなく命を落としたようだ。

その後、皆は意識を取り戻し、ヒルキス帝国の人たちは逃げ去っていく。

こうして――ヒルキス帝国は、終わりを迎えたのだった。

エピローグ

決戦が終わって数日後。

私たちは、ハーチス王国に集まっていた。

ロアはイグドラの首領だったロードを倒したことで吹っ切れたらしく、これからもユリウスのそばにいることを選んだようだ。

人間に対する嫌悪も薄れてきたらしい。

クリフォード殿下のはからいで、彼らは一時的にハーチス王国で生活をしている。

城の一番広い応接間で、ユリウスがこれからのことを話す。

「オレは今日、ロアと共にハーチス王国を出ようと思う。ヒルキス帝国跡地にある魔結晶を、どうにかしないといけないからな」

「冒険者ギルドなら、魔結晶を爆発させずに解体できるんでしたね」

「ああ。時間はかかるが、犠牲者は出さない方法はある。ロアも協力してくれるそうだ」

「あたしとジャックも協力するよ！　……相変わらず、ロアはあたしには懐いてくれないようだけど」

ユリウスがロアの毛を撫でるのを、ミリーは羨《うらや》ましそうに見ている。

ミリーが触れようとすると、威嚇《いかく》するらしい。

「まあいいさ。動物や人に好かれないのはいつものこと。あたしにはジャックがいるからね。それで、ジャックはさっきからなにを悩んでいるんだい？」

残念そうにしていたミリーは、ジャックに話を振る。

そして、ずっとなにかを考えていたジャックが、話し始める。

「ルゼアとの戦いでノネットさんたちが見せたテイマーの力が、いまだに信じられなくて」

「まだそんなことを言ってるのか？　勝てたんだから、もういいじゃないか」

「それはそうだけど……」

ハーチス王国に戻った後、私とクリフォード殿下は疲労で倒れてしまった。

けれどあの時、もし私が一人でテイマーの力を限界まで引き出していたら、確実に命を失っていただろう。

「ジャックは、なにが気になるんだ？」

「僕が調べたテイマースキルの伝承には記されていなかったことですから……テイマーのスキルの力をあそこまで引き出して、なぜノネットさんたちが無事だったのかな、と」

「かつてテイマーのスキルを持っていた人は皆、力を使い果たしたら消滅したって話なのに、クリフォードとノネットは生きている。そのことが不思議ってのは、まあわかるけどね」

「考えうる限り最良の結果だったと思いますが、理屈は気になります。クリフォード殿下がテイマーの力を受け入れた結果、テイマーのスキルが消費する魂のひとつとして認識し、二つの魂が共鳴を起こした……？　わかりません……」

「はっ！　ジャック、お前はなんでも考えすぎなんだよ。全部愛の力でいいじゃないか」

ミリーがそう言うと、ジャックは苦笑しながらうなずく。

「それは――そうだね、姉さん。それでは、僕と姉さんはユリウスたちに同行するので失礼します」

「また来るよ。二人の今後が、気になるからね」

別れの挨拶を済ませて、ロアとユリウス、ジャックとミリーが去っていく。

目的を果たした冒険者が、一国に滞在する理由はない。

これからも彼らは、依頼を受けて様々な国を巡るのだろう。

私とダリオンは、ハーチス王国に残ることにした。


城門で旅立つ仲間たちを見送り、城に戻ろうとした時――ダリオンが呟く。

『さてと……ようやく自由になったから、我は散歩に行くとしよう』

「それなら、私も一緒に行くわ」

『いや、先に戻っていてくれ。我は一度、一人で街を巡ってみたかったのだ』

そう言うとダリオンは人の姿になって、私とクリフォード殿下を置いて街のほうへ歩いていった。

最近は国の守護者という名目で給与をもらえることになり、私とダリオンは料理店へ行ったりするようになった。

ダリオンは私よりよく食べるので、そのうち一人で店を巡りたいと言っていたっけ。

人の姿のダリオンは、王都ではすっかり人気者だ。

「ダリオンが幸せそうで、良かったです」

「ノネットが嬉しいのなら、僕も嬉しいよ」

そして今――私は、クリフォード殿下と二人きりになっていた。

平和な王都を歩いて城に向かいながら、私は黙り込んでいた。

言いたいことはある。それを今まで言えなかったのは――言いたいことも、その返事も、すでに伝わってしまっているからだ。

ルゼアとの戦いで、私とクリフォード殿下は魂が同化した状態になっていたらしい。

その影響で、私とクリフォード殿下は、なんと、相思相愛だとお互いに知ってしまった。

――ちゃんと言いたい、でも、もう伝わってしまってるなら、今さらなにも言わなくてもいいのでは……⁉

なんてことを考えて一人で百面相をしていると、隣を歩いていたクリフォード殿下の足が止まる。

振り向くと、殿下は真剣な表情で私を眺めていた。

「ノネット。戦いの前に言おうとしていたことを、聞いてもいいかい？」

「ええっ⁉　あの、クリフォード殿下は……もうわかっているんじゃ、ないですか？」

「僕は、ちゃんとノネットの口から聞きたい」

そう言ってくれるのは嬉しいけど、私は平民で、クリフォード殿下はこの国の王子様。

お互い相思相愛でも、立場が違いすぎる。

それでも――

「クリフォード殿下のことが、好きです」

「僕も、君のことが好きだ」

「ですが――」

「――立場なんて関係ない。僕がノネットを好きで、これからも一緒にいてほしい……それじゃ、ダメかな？」

その言葉に、私は初めてこの国を訪れた時のことを思い出す。

クリフォード殿下が愛おしい。私は笑っていた。

「私も――これからずっと、クリフォード殿下と一緒にいたいです」

私たちが想いを伝え合った後、国王陛下や他の王子たちも、祝福してくれた。

ヒルキス帝国の野望を打ち砕き、ハーチス王国を救った功績を認めてもらえたからというのもあるだろう。

食堂で朝食を終えた私が部屋に戻り、ダリオンとクリフォード殿下を眺める。

ダリオンのもふもふとした毛を撫でると、尻尾を振って嬉しそうだ。

隣にダリオンがいて、クリフォード殿下がそばにいる。

「平和だね」

「はい、殿下。……私、ここに来て、本当に良かった」

ダリオンからなにも聞かなくても、私は殿下の感情がよくわかる。

私が紅茶を飲みつつクリフォード殿下と談笑していると、ダリオンが話しかける。

『ノネットよ、動物と遊ぶための魔道具を昨日買ってきたぞ！　今日は外で試そうではないか！』

ものすごく偉大な功労者として称えられている神獣ダリオンが、無邪気に遊びに誘う。

ヒルキス帝国が消滅した今、正体を隠す必要がなくなって、ダリオンは神獣の姿で外を歩けるようになった。

ダリオンは尻尾をブンブンと振りながら、もふもふの毛を私に押し付けてくる。

柔らかい感触に幸せを実感していると、それを見たクリフォード殿下がふふ、と笑う。

「二人は本当に仲良しだね」

『もうヒルキス帝国を気にする必要はないからな。我はノネットと、クリフォードが一緒なら幸せだ！』

心から嬉しそうなダリオンを眺めていると、私も幸せだ。

テイマーのスキルで急激に成長したから大人に見えるけど、ダリオンの実際の年齢は三歳。まだ子どもだ。

本当は、ずっとこうして遊びたかったんだろう。

ダリオンが箱から円盤形の魔道具を取り出して、期待に満ちた目をして私に差し出す。

箱の中に入っていた説明書を読んで、私は呟いた。

「これは魔力を使って動かす魔道具なの？」

『そうだ。動きの読み合いをして駆け引きができると評判らしい。知性のある動物が好むものだと聞いた。我にぴったりだな！』

「投げる力が必要ないのは良さそうだけど……ちゃんと楽しませてあげられるかな？」

ダリオンが楽しめるのかどうかは、私の操作次第になりそうだ。

魔道具を真剣に眺めていると、クリフォード殿下が微笑む。

「ノネットと一緒にいることが、一番の楽しみでしょう？」

『クリフォードの言うとおりだ。早く外に出ようではないか！』

ダリオンがくいくいと服を引っ張るので、私も微笑んだ。

私とクリフォード殿下は、ダリオンの背に乗って外を目指す。


――今日も最高の一日が、始まろうとしていた。

新＊感＊覚　ファンタジー！

レジーナブックス Regina

レジーナブックス Regina

冷酷王子、孤独な王女を溺愛中!

望まれない王女の白い結婚
…のはずが
途中から王子の溺愛が
始まりました。

屋月《やづき》 トム伽《か》
イラスト：紅茶珈琲

隣国王太子の第二妃として嫁ぐことになった、王女フィリス。冷血だと噂の彼は、いきなり「形だけの結婚だ」と宣言してきた！　どうやら王太子はフィリスのことが嫌いらしい。さらに追い討ちをかけるように、侍女たちからも虐げられる始末。辛い生活のなかで、全てを諦めていたのだけれど……そんな彼女に救いの手を差し伸べたのは、フィリスを毛嫌いしているはずの王太子で――!?

詳しくは公式サイトにてご確認ください。

https://www.regina-books.com/

携帯サイトはこちらから！

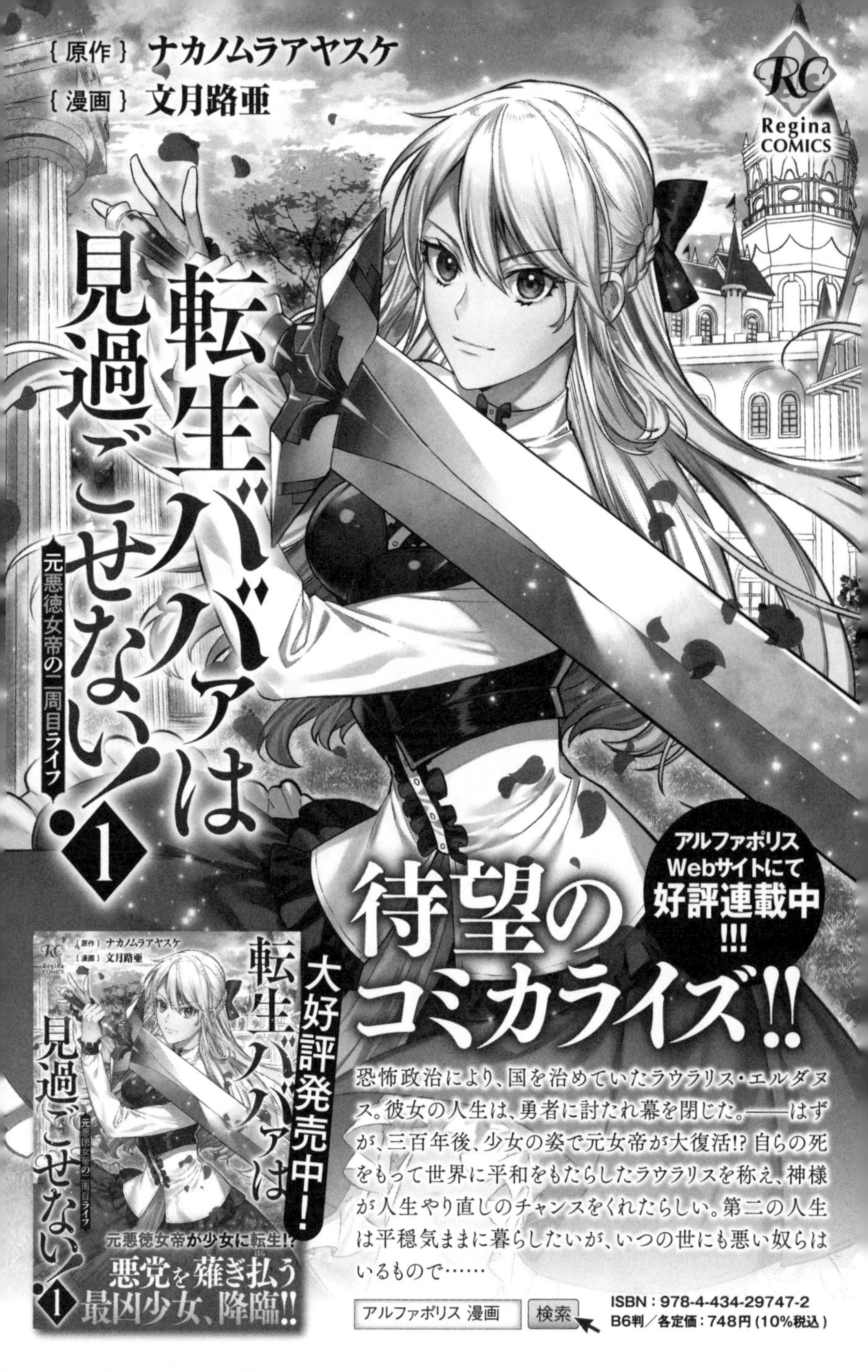

〔原作〕ナカノムラアヤスケ
〔漫画〕文月路亜
RC Regina COMICS
転生バアは見過ごせない！ 元悪徳女帝の二周目ライフ 1
アルファポリスWebサイトにて好評連載中!!!
待望のコミカライズ!!
大好評発売中！
〔原作〕ナカノムラアヤスケ
〔漫画〕文月路亜
転生ババアは見過ごせない！ 元悪徳女帝の二周目ライフ 1
元悪徳女帝が少女に転生!?
悪党を薙ぎ払う最凶少女、降臨!!
恐怖政治により、国を治めていたラウラリス・エルダヌス。彼女の人生は、勇者に討たれ幕を閉じた。――はずが、三百年後、少女の姿で元女帝が大復活!? 自らの死をもって世界に平和をもたらしたラウラリスを称え、神様が人生やり直しのチャンスをくれたらしい。第二の人生は平穏気ままに暮らしたいが、いつの世にも悪い奴らはいるもので……
アルファポリス 漫画 検索
ISBN：978-4-434-29747-2
B6判／各定価：748円（10%税込）

アルファポリス
Webサイトにて
好評連載中！
RC
Regina
COMICS
原作 園宮りおん
漫画 上原 誠
元獣医の令嬢は
婚約破棄されましたが、
もふもふたちに
大人気です！
1〜2

1
漫画 上原 誠 原作 園宮りおん
2
原作 園宮りおん
漫画 上原 誠
元獣医の令嬢は婚約破棄されましたが、
もふもふたちに大人気です！
異世界はトラブルだらけ!?
もふもふ&獣人たち
不思議な力でざまぁします！
第2巻！
アルファポリス
大好評発売中！

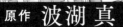

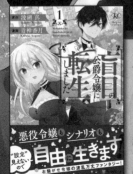

この作品に対する皆様のご意見・ご感想をお待ちしております。

おハガキ・お手紙は以下の宛先にお送りください。

【宛先】

〒150-6008 東京都渋谷区恵比寿4-20-3 恵比寿ガーデンプレイスタワー 8F
（株）アルファポリス　書籍感想係

メールフォームでのご意見・ご感想は右のＱＲコードから、
あるいは以下のワードで検索をかけてください。

アルファポリス　書籍の感想　検索

ご感想はこちらから

本書は、「アルファポリス」（https://www.alphapolis.co.jp/）に掲載されていたものを、
改題・改稿・加筆のうえ、書籍化したものです。

神獣《しんじゅう》を育《そだ》てた平民《へいみん》は用済《ようず》みですか？　だけど、神獣《しんじゅう》は国《くに》より私《わたし》を選《えら》ぶそうですよ

黒木 楓（くろき かえで）

2021年12月31日初版発行

編集－渡邉和音・森順子
編集長－倉持真理
発行者－梶本雄介
発行所－株式会社アルファポリス
〒150-6008 東京都渋谷区恵比寿4-20-3 恵比寿ガーデンプレイスタワー8F
TEL 03-6277-1601（営業） 03-6277-1602（編集）
URL https://www.alphapolis.co.jp/
発売元－株式会社星雲社（共同出版社・流通責任出版社）
〒112-0005 東京都文京区水道1-3-30
TEL 03-3868-3275
装丁・本文イラスト－みつなり都
装丁デザイン－AFTERGLOW
（レーベルフォーマットデザイン―ansyyqdesign）
印刷－中央精版印刷株式会社

価格はカバーに表示されてあります。

落丁乱丁の場合はアルファポリスまでご連絡ください。

送料は小社負担でお取り替えします。


ISBN978-4-434-29753-3 C0093